银座三明治

〔日〕平松洋子 著
〔日〕谷口治郎 绘
徐奕 译

人民文学出版社
PEOPLE'S LITERATURE PUBLISHING HOUSE

著作权合同登记:图字 01-2017-9258 号

图书在版编目(CIP)数据

银座三明治/(日)平松洋子著;(日)谷口治郎绘;徐奕译. —北京:人民文学出版社,2018
ISBN 978-7-02-012243-1

Ⅰ.①银… Ⅱ.①平… ②谷… ③徐… Ⅲ.①散文集-日本-现代 Ⅳ.①I313.65

中国版本图书馆 CIP 数据核字(2018)第 027217 号

责任编辑 **甘 慧 王皎娇**
装帧设计 **钱 珺**

出版发行 **人民文学出版社**
社　　址 **北京市朝内大街 166 号**
邮政编码 **100705**
网　　址 **http://www.rw-cn.com**

印　　制 **山东德州新华印务有限责任公司**
经　　销 **全国新华书店等**

字　　数 **120 千字**
开　　本 **890×1240 毫米 1/32**
印　　张 **6.5**
版　　次 **2018 年 10 月北京第 1 版**
印　　次 **2018 年 10 月第 1 次印刷**

书　　号 **978-7-02-012243-1**
定　　价 **39.00 元**

如有印装质量问题,请与本社图书销售中心调换。电话:010-65233595

银座三明治　平松洋子　著　谷口治郎　绘

目录

寻访春天

春江水暖，水滴溅在身上已有暖意，春风掠过身畔亦带着特别的光彩。春天来了。

每每感觉到春天的脚步慢慢走近，便不由得想要煮一道菜，即味噌款冬梗。原本打算在冰雪初融时，亲自去摘一些刚刚冒头的款冬梗，无奈远山而居终未得偿心愿，除了巴望着一旦看见菜市摆出款冬后，就早早去买上两支之外别无他法。

这些年我做味噌款冬梗一直都用这种方法——将款冬梗齐刷刷地切了放进小锅，拿味噌、甜料酒、酱油和酒浸过以后再以文火煨，渐渐锅里就会飘出一股浓香。将它端下炉火后凉在旁边，此时顺便偷偷地用筷子蘸一点尝尝。一丝淡淡的苦，一点浓烈的涩。

这苦涩就是春天的味道。季节变换的律动真真切切地敲打着舌尖，春天仿佛决堤似的滚滚而来。油菜花、紫萁、蕨菜、荚果蕨、粉叶玉簪、笔头草，这些嫩绿初萌的野菜，一个接一个地催着人赶紧品尝一番。

春天的美味就是万物复苏的喜悦。

惊蛰

再加一把劲儿啊——每每路过樱花树下，凝望它隆起的花苞便忍不住要替它打气。比照花期过后，这花开以前日日屏息仰望花苞的时光更令人兴奋。

此外，我心中另有一件属于春天的乐事，即品尝富含春味的天妇罗。“现在不吃，更待何时呢？”想到这里，便不禁深吸一口气。天妇罗的美妙之处是它能将食材的风味与芳香统统封存其中。不管怎么说，春天的美味是不会强加于人的，稍不留心这苦涩的滋味就悄悄溜走了。因此，唯天妇罗能将其全部留下。

我拉开银座六丁目“岩井”饭店的门，便看见身着白色工作服的店主岩井义郎正在专心致志地为先来的客人炸天妇罗。热油翻滚起来，刺刺啦啦的声响瞬间勾出我的食欲。

坐定，即有一小盘事先做好的冷菜端上来。里面是蕨菜、粉叶玉簪、蟹甲草和油菜花，看在眼里却如同听见了春天的问候："今天就请您尽情品尝春天的味道吧。"顿感唇齿之间野菜爽脆，微微黏滑。啊，春天正悄无声息地渗入口腹。

第一道菜是炸大虾，紧接着是炸白鱼。炸得又脆又松的白鱼口味清淡，隐隐有一丝苦味。

"今天这白鱼是产自六道湖的。三月以后播州赤穗产的白鱼口味就逊色了，之后便得改吃松岛产的。"随着季节转换，食材的产地也发生变化。因天妇罗最能反映食材的真味，勤勉的天妇罗师傅对四季的变化便最为敏感。

"这是炸八角金盘的嫩芽。"只见几个胖嘟嘟的小椭圆摆放在白纸上。我立刻拿筷子夹了放进嘴里——滚烫的小东西在舌尖翻了几个身，嘴巴就把这一气炸成的美味捕了个正着。轻轻地咬上一口，田野的芬芳立刻充盈了整个口腔。

此时无上的幸福感让我不禁闭上双眼，只听见身旁传来一声："这是今年的头一茬呀。"在《文艺春秋》工作了二十余年的Y田君（Y田君现已是一个孩子的父亲了，严格来说该称其为原青年Y田君，一着急还是用了他以前的名字）以了然于胸的口气打断了我的回味："长大成人之后才真正懂得了八角金盘嫩芽的鲜美。如今又是春回大地，我也得好好加油喽。"

确实如此。年纪越大，便越发想在与八角金盘的嫩芽邂逅时感谢上苍——我们终于又迎来了一个春天。

从坚硬的带刺外壳之下破壳而出的八角金盘嫩芽，确实只能吃头一茬。据说倘是采了第二芽，那整棵树必死无疑，八角金盘就是这么纤弱。而岩手县出生的岩井师傅对八角金盘的嫩芽则更为熟稔，他说："有一回我偷懒不练棒球，偷偷爬到操场的后山上去玩，背靠着一棵树，被树上的硬刺一下扎中背心，疼得我哇哇大叫。一个前辈跟我说：'你拿它去炸个天妇罗，很好吃哦。'"

如今这刺过人的八角金盘嫩芽已经成了岩井师傅的好伙伴，年年共同携手为我们拉开春天的帷幕。

"用野菜做其他料理时都必须先去涩，而做天妇罗就正好。拿油一炸，野菜的苦味和涩味就统统变甜了。"

舌上一点苦，口中满是香。这滋味仿佛就是八角金盘的嫩芽在骄傲地向人询问："味道如何？"

再往下是炸香菇，炸白丁鱼，炸春笋。春笋炸得稍稍透一点，颜色呈深金黄色。虽然知道吃得太急就会烫破嘴皮，我还是立刻就给小尖帽般的笋穗蘸上盐巴，然后急吼吼地将它扔进了嘴里。口里脆脆的咀嚼声在自己耳畔回响。这在泥土中孕育了一冬的小生命啊，经过油炸变得更加可口。

天妇罗真是一种奢侈的料理。不但食材需逐一精选，还要有专门的料理师傅陪在客人身边逐个烹炸。师傅炸天妇罗时不仅调动了眼、耳、指尖等各种感官还必须驾驭所有的烹饪经验。光在一旁看几眼就想学到他的本事，回家按看到的手法试着做，几乎是办不到的。料理师傅不但掌握着各食材的细微差别，还能以不同火候烹炸，堪称一绝。

“这是炸海胆。”

口味一转。下一道上来的是炸海胆，海胆四周裹着海苔。张口咬下一半，又烫又稠。富含浓烈海水芳香的美味在口中四散开来，令人不由得闭上双眼。

Y田君打破了沉默的空气，伸长了脖子喃喃道：“难道这就是……”我赶紧将视线投向柜台里边，只见柜后浅筐里满满的都是嫩绿。

“款冬梗？！”

终于迎来了这场盛宴的华彩部分，我紧紧盯着岩井师傅的手。只见他手里正在给款冬梗裹面衣，脸上神情紧张地说："炸款冬梗分不得神。"他将裹了面衣的款冬梗放进油锅，一、二、三秒钟一过立刻把筷子伸进去，夹了款冬梗在热油中上下晃动。细小的金黄色油泡裂了开来，像喷着火的火山口。"这么一晃，花萼的部分就会胀大，再拿筷子把它全部打开了炸。这样一来款冬梗受热均匀，就能炸得又大又脆。"我把目光钉在了专业人士的技法上。

"炸款冬梗，大家尝尝看。"

众人忍不住轻叹：这简直就是一轮小太阳嘛。三角形的花萼一枚一枚地张开，圆溜溜的。不行，光瞪着眼睛看可就太暴殄天物了，得赶紧蘸上少许盐巴，勇敢地将它整个塞进嘴里。哇，满嘴都是春天的气息。小小的天妇罗里充斥着清苦之味，众人瞬间停止了交谈。Y田君已几近泪眼婆娑："感觉说话都好浪费，因为一张嘴香味就会一块儿溜走了啊。"

难道岩井师傅要给大家致命的一击吗？下一道菜竟然是爱知产的花蛤。

春天不仅在山间留下了它的足迹，也同样降临到了海上，随着水温升高，贝类养得肥硕鲜嫩。这一道炸什锦，里面满是又肥又嫩的花蛤肉。刚出锅的炸什锦分量足，蘸上鲜酱油，咬一口，弹性十足，且越嚼越香，众人依旧不忍张口说话。

最后一道菜，口味陡转。岩井师傅用一道爽脆的熟藕片合上了今天宴席的幕布。整场宴会真像是品味了一场以全身心投入倾听的春天交响曲。

“原本还想让大家尝尝野生款冬的嫩芽，不过要等下一次了。另外，四月以后乌贼就肥美了，还有小香鱼、蚕豆……”我们且品尝且迎接新的一季吧。

春分

春分日，刮起了西风。今日天气已近和暖，风却刮个不停。这场劲风是春的征兆，据说释迦牟尼佛圆寂这天，西方极乐世界特遣西风来迎他涅槃。

收到和煦春光的邀请，我们说走就走，去了一趟镰仓。没来由的，每每眼里看见春光明媚便不由得想去镰仓。莫非因为镰仓有波光粼粼的大海，三三两两的寺院以及和缓幽静的气氛？

出了镰仓站，顿感诧异。明明是工作日的白昼，车站前却人山人海。

“原来大家都想到一块儿来了。”Y田君瞪大了眼睛说。约莫是人们都想抢先一步捕捉住春天的气息，于是一个个乘上电车，不约而同地奔镰仓而来了吧。我们在镰仓站下车换乘巴士，前往目的地。

下车时见站牌上写着“光明寺前”四个字，近旁即材木座海岸宽广的海面。海岸的名称源于幕府初创时期，这一带曾是装卸木材及大量建筑物资的大港口。我们迎着海上吹来的咸咸海风，迈足步入了悬挂着“天照山”三字大匾额的光明寺山门，蓝天之下寺内樱花星星点点地绽放着。

光明寺乃镰仓时代宽元元年，由净土宗三祖良忠上人修建的寺院，曾是关东地区的总院。而我们今天造访这座渊源深厚的寺院，却是另有所图——

我们要到光明寺去品尝素食料理。

有时面对总将吃摆在人生首选的自己，心绪颇为复杂，但光明寺曾是德川幕府指定的学习场。我们要在这里边品尝素食料理边感怀新春伊始时土地给予人类的恩惠。这次我们是怀抱着感佩之心踏入山门的。

首先我们被引入一间可观赏莲池全景的“莲花间”，整洁的屋内寂静无声。此时，一声鸟鸣传入耳内，是黄莺婉转的鸣唱，大家不禁兀自沉迷起来。

“真美啊，不愧为镰仓的春天，不同凡响，”久不跪坐的Y田君，在朱漆膳桌前，端正了一下坐姿，“这是我第一次专程为吃素食料理而来的呢。你想啊，我们平时下班后，总不能这样邀请人家，说‘走，我们吃素去’吧？”

这家伙真无知，素食料理可不是你赏花时吃的一道下酒菜。难道他忘了我们此行的真正目的其实是为了肃穆地迎接万物复苏的季节吗？正打算教训他两句呢，拉门被打开了。

“欢迎光临，”身穿工作衣的僧人端坐在“莲花间”一角，向大家致意，“请大家一起吟诵吃饭前的几句颂词吧。”只见写着“记主箸”三字的筷套背后印有“食前语”。

于是，众人合掌。

“今日于此进食，当谨言慎行，感念天地之恩，敬谢劳作之功。十念南无阿弥陀佛。开动。”

众人合掌，深深施礼。膳桌上已摆上了素食料理。

记主御膳

木盘　黑豆、光明寺素食时雨煮、茗荷甜醋、蚕豆翡翠煮

平煮　东腐皮、芋艿、翡翠茄子、羊栖菜面筋、荷兰豆

木盘　生腐皮卷黄瓜、各式刺身配菜、山葵花穗

木盘　素炸（八角金盘嫩芽、茄子、南瓜）

盖碗　芝麻味噌拌刀豆

坪煮　芝麻豆腐（山葵、佐料酱油）

饭食　菜饭

小菜　三种酱菜

汤汁　番薯汤（番薯、萝卜、胡萝卜、油豆腐、牛蒡、大葱）

所有的菜肴都采用了细致的烹调方法，最大程度地发挥出蔬菜各自的特色。色泽鲜艳的黑豆一看就知道是选取了大小均匀的黑豆，先长时间浸水泡发后再用文火慢慢煨出来的。红色的茗荷经甜醋浸泡后愈发艳丽。另一道蚕豆

光明寺

翡翠煮，果然名副其实，满目苍翠。

事实上，在光明寺主持素食料理的是镰仓日料店“御代川”的厨师上田贵志。听闻他刚满二十岁，真让我们大大吃了一惊。以弱冠的年纪就日日参与素食料理的制作实非易事，况且他制作汤汁的手艺确实相当正宗。

“我挑选的是北海道产的昆布和九州产的干香菇。一次大约会使用 50 条昆布和 90 朵干香菇。素食料理需要味道浓厚的汤汁来吊鲜，同时做汤和煮菜时也少不了它。”由于汤汁味道醇美，客人百吃不厌。他的素食雕花和芝麻豆腐也下了十分的功夫。“芝麻用的是前一天刚炒出来的新鲜芝麻，拿研钵碾碎后，再混入淀粉和以昆布萃取的汤汁一起搅拌，接着用筛网过滤后加热揉搓。揉搓得不仔细，芝麻就会结块，所以得分外小心。我有几次因为芝麻弄得太硬，加重了分量，结果烫伤了自己。”

炒、碾、揉。芝麻豆腐的味道就是素食的精髓啊。神思飘移至厨师的劳作上，心中不禁再次铭记——心怀感激地品尝也正是料理给予我们的另一种美食感悟。

最后，我们边饮茶边品尝光明寺馒头，视线移至窗外的一面莲池上。樱花已然盛开，转眼初夏将至，这莲池里的莲花也即将绽放。此时，先前的僧人再次入得室来，说：“下面我们一起来吟诵一下饭后的颂词吧。”

众人再次合掌。

“我们在此食毕，神清体健，我等誓加倍勤勉，以报恩泽。十念南无阿弥陀佛。谢谢款待。”

光明寺内处处可见打盹儿的小猫。我们轻手轻脚地走过它们身边，登上通往后山的小路，只见眼前一亮，面前正是材木座的海。极目远眺沐浴在春日暖阳中的无边大海，隐隐看见江之岛正坦坦然浮于远方。好吧，我决定了，从镰仓回家时，就选镰仓站前“丰岛屋”的鸽子饼干当伴手礼。

清明

这几天樱花愈发开得铺天盖地了，春天的阳光也更刺眼，天空晴朗而又明净，燕子即将归来。我突然很想奢侈地去踏个青，采些山椒芽儿，挖点山野菜。

有一家小店每逢季节变换便能实现我脑中所想的这些画面。它就是位于东京下北泽的“七草”。

咚咚几下脚步声，我走下建筑物外侧的木楼梯，眼前立刻出现一盏橘黄色的小灯。透过窗框可以看见店内静好的模样，感觉店里的时令蔬菜仿佛也在招手揽客，一声声说着：“欢迎光临。”店主人前泽莉香选择的当季蔬菜，口味柔和平缓，吃上去爽脆利落。

今天“七草”又摆出了哪些蔬菜，做出了何种美味呢？

这家小店会不时让人冒出这样的想法。看来我们今天定也能满意而归。

看到料理端出来，我便兴奋不已。头一道菜是店里的固定菜码——鱼冻什锦蔬菜汤。打开漆碗盖只见一碗醇厚的乳白色。哎呀，今天用的是哪些蔬菜呢？

一、鱼冻什锦蔬菜汤　新鲜洋葱

太出乎意料了。照惯例“七草”拿手蔬菜汤一般会选土豆、胡萝卜、芜菁，等等，今天却用了新鲜洋葱。我把碗端至唇边，啜了一口，好浓稠。新鲜洋葱细腻的甘甜立即顺着口腔流入全身，而帮我们品出汤汁鲜美的却是一点点刺激味蕾的碎胡椒。

“这味道真是生平第一次尝。无论天妇罗还是素食料理，最近吃过的每道菜都叫人惊喜连连。”今日坐在我对面的同伴又是Y田君，他一登场就表现出了无限的感慨。

他这个人永远都在率直地惊叹，率真地感动，有他相伴饮食，我也跟着心生喜悦。

七草

“我原本就喜欢山野菜，而这样专程来品尝春菜也确实别有风味。”

大家等着看吧，“七草”的真本事还在后头呢。

二、芝麻醋拌凉菜　土当归、粉叶玉簪、马兰、石耳

土当归脆，粉叶玉簪隐约有些黏滑，马兰嫩，这些味觉各异的食材在芝麻和醋的作用下形成一种和谐，不由得人不伸筷子。

三、炸豆腐　白味噌风味　款冬梗、辣子

多么精美的一道菜啊。加了白味噌的款冬梗野趣昂然，封存了整个春天的气息，没想到还有这种吃法。只感觉一股奔放畅快的香味顺着鼻腔通达全身。

四、炖菜　甜豆、芦笋、荚果蕨、油菜

甜豆爽、芦笋嫩、荚果蕨脆、油菜润。这是一道慢炖出来的菜品，选用嚼劲和滋味各不相同的蔬菜制作。

五、拌菜　花芥末、小粒荞麦、海苔

品食鲜花也是春天特有的一种雅事。花芥末的辣刺激着整个味蕾，而小粒荞麦又温柔地将它抚平。在我们沉醉于蔬菜与吟酿酒之酣时，店主突然送上这味辣，使我们不得不稍作停歇。难道我们的小心思都被店主看穿了吗？

“光是蔬菜也有如此的轻重变化，真叫人百吃不厌，令人眼花缭乱，不得不佩服啊。”我也不禁赞叹起来。而对前泽师傅更大的赞美则应该归功于春天。正因为她识别了季节的变化，又精选出食材，巧妙地加以烹调，春天的滋味

才在回环往复、进进退退之间被极大程度地发挥出来，让我们深深体会到它的存在。

接下来是八寸盘了。

六、八寸盘　鸡蛋卷、炖款冬、煮乌贼、柚子卷萝卜、芥末

这道菜低调却不失奢华。鸡蛋卷又软又绵，款冬爽口，翠翠的腌萝卜外裹着柚子皮，芥末辣得刚刚好。不经意间，我又饮下了一杯吟酿酒。

七、油炸食物　炸蚕豆、挂卤生姜、款冬丝、红蓼

头一味是炸蚕豆。不知为何，每次品尝当季第一波新鲜食物时，喜悦的心情里总混杂着对年岁增长而生的伤感。难道是因为享受咀嚼之乐，也会同时引发对年岁更替之快与时光来去之忧的幽思吗？

接下来的一道菜足可以让人领略到“七草”的男子汉情结。

八、煮菜　五花肉、大豆味噌烧

狠狠咬上一口，看看味道怎么样？这块五花肉足有小孩拳头大小。味道如何？五花肉又酥又软，旁边紧紧围着一圈煮得软软的大豆。果然不出所料，Y田君一口下去，立刻面露喜色：“说实话，我还以为不会有荤菜了呢，感觉今天又要吃素。没想到，真的有肉吃啊。”

所有这些都是“七草”的看家本事，主人早已洞察了我们的心思。

最后上来的是一碗花椒芽儿米饭，吃到嘴里满是花椒

的清香。

前泽师傅说她开春以来就一直站在厨房里感受着季节的变化："冬天的蔬菜因为都埋在地下，所以吃时得削皮。相反，春菜呢，因为要过冬外皮都相当严实。比方说春笋、蚕豆、豌豆，连款冬也有硬硬的筋。因此我们做菜时就好像在唤醒这些沉睡的小生命，一声声招呼它们说：'你早啊，起床啦。'"

春菜的特色就是要唤醒食物自身的纤细滋味。

"将甜豆和芦笋浸在水里，水中就会有淡淡的甜香，因为蔬菜里蕴藏的甜味不断渗出来，真不可思议。做春菜最讲究的就是风味，所以千万不能煮得太透，也不能把涩味去得太过。"

人类的身体真乃神作。天冷时感觉不到的美味，一旦天气转暖人们就会勇敢地去捉住它们。那些富含苦味涩味的抽芽蔬菜、野菜能帮助人体排出积蓄了一冬的代谢物，人们出于本能就会想吃。

从惊蛰到春分，从春分到清明，从清明到谷雨，春天在进行一场接力赛跑。等到立夏，夏天就开始了。我们边品尝着蔬菜、野菜，边享受着季节的馈赠，而一条崭新的道路又在我们前方展开，哪怕很微弱，也是实实在在的光亮。

倏忽之间，春光烂漫。

来吧，今日又是啤酒甘醇

某日（芒种　24.5 度）新桥

冰镇番茄、老油豆腐、黄瓜酱糟。

据说这三样小菜排在了“新桥大叔下酒菜排行榜”的前三位。坐落于新桥站前大楼一号馆地下一层的“立饮吟”酒馆，黄昏时就已经站满了客人。酒馆的柜台前有一个放下酒菜的自助吧台，每碟小菜定价 300 日元。不用说这里的客人手里拿的都是中杯生啤，每杯 380 日元。

咕嘟咕嘟咕嘟，啊。

这快乐的饮酒声充斥着酒馆的各个角落。这幢弥漫着昭和年代古旧气氛的站前大楼，从一楼到地下一楼挤挤挨挨的全是小酒馆和小食铺，真可谓大叔的圣地。诸如印着

“蒲公英”“母亲”“酒酒”“发簪”“樱子”字样的酒幌子比比皆是，都在向客人招手。大楼入口处有一张指南图，上面的一行小字直指人心：“来过一次就摆脱不掉喽……这里是无压力共和国！”

天气太热，我们去喝杯啤酒吧；一天的工作结束了，我们去喝杯啤酒吧；无甚理由，我们还是去喝杯啤酒吧。正因为喝啤酒的理由如此充足，店内才这般人声鼎沸。只闻得大叔们指点江山的高论此起彼伏，他们之间对话的简洁程度也成了此处的一大特色——

“是吧？”

“我说的吧。”

“没错吧？”

在这里，新桥，大叔们谈什么并不重要，只需运用以上三句就足够将谈话进行下去，达成理解。大家解开领带，松开纽扣，嬉笑怒骂地喝一顿，付账时只需1000日元，且还有找头。夜夜夜夜，新桥便是这世上的乐园。想到这里我突然羡慕无比，忍不住也伸手抓起了一杯生啤。

某日（赤日炎炎　26度）神保町

登上地下铁神保町车站的台阶，走到靖国通十字路口站定，阳光就像大夏天似的晒得人浑身发热。我不由得暗自窃喜，这真是一个美好的午后。我刚从名画座剧场看了老电影出来——

因为要到神保町的旧书店找本书，顺道去相熟的小剧场看排片表，今天上映的是小津安二郎的《晚春》——小津导演 1943 年的作品，“纪子三部曲”之一。女主角当然是原节子，饰演父亲一角的就是众所周知的笠智众。

仿佛被传染了电影里原节子说话的腔调，我嗲嗲地自语了两句：“那您觉得我会是哪个呢？您喜欢吗？整条的腌萝卜哟。”在店里等服务生将饺子端来的空当，心中按捺不住地想用这种语气说话。每次在神保町看完电影，我都会直奔“天鸿饺子房”。平时想吃饺子时我就会去几家固定的饭店，其中一家就是天鸿饺子房。当然还得叫上一杯生啤相伴。

世间总有那么几种“绝妙的组合”：比如用浪漫的法语说“结婚”二字，语调中带着点装蒜的味道；又比如相扑界的大横纲虽被对方死死抱住却能最终取胜。这些不尽协调的部分都堪称绝配。

饺子加生啤也是绝配。

天鸿饺子房锦町店的前身就是于昭和二十八年创立的“神田饺子屋”。饭店以专营饺子而远近闻名。我既想吃古早风味的小个头“元祖饺子”，又禁不住“黑猪饺子”肉汁鲜美的诱惑。黑猪饺子馅儿里卷心菜少，韭菜多，所以黑猪的风味就全被浓缩在了饺子里。煎得香香的饺子皮惹得人心痒，咬一口刚出炉的饺子，只觉得饱满的饺子皮和牙

齿在嘴里轻轻地互相较力。吃完一个，再啜一口冰凉的生啤，我竟激动得热泪盈眶。当我抬起雾气蒙蒙的一双眼，朝店里摆着的电视机望去，电视里正不紧不慢地放映着午后剧场。这一刻多么的岁月静好啊。

饺子、生啤、电视。

这最强的三个黄金搭档一下子都摆在眼前时，我便有了天下在握的满足感。对了，电影《晚春》也是小津安二郎和原节子的首次合作，此后一直到 1961 年，他们一共合作拍摄了六部电影。因为搭档配合默契，原节子的才华才得以最大展示，他们俩就如同眼前的饺子和生啤的组合一样般配。哦，不不不，我无意把原节子比作饺子，特此声明一下。

刚才六个饺子还像小月牙似的紧紧挨着，转眼之间就被我光盘了。手里的生啤在此充当了幕后推手，逼得我无条件投降。另一个能让我领略到这威力食物的则是“新东京数寄屋桥本店”炸的“薄纸猪排”，这家店在有乐町。薄纸猪排加生啤，也是绝配。薄纸猪排因炸得薄如纸故此得名。薄薄的猪排个头极大，拿草鞋底作参照物的话，目测刚炸出来的金黄猪排足有 A4 纸的大小，严严实实地盖住了整个盘子的边缘，晃得眼前净是灿灿的金光。这时若有一杯生啤，咕嘟咕嘟喝两口，再嘎滋嘎滋嚼两下猪排，盘子立刻就会见底，想想这情景倒也蛮“恐怖”的。

炸竹荚鱼、炸牛肉饼、炸可乐饼、饺子，这类食物一旦碰到生啤，美味瞬间被放大，面对这些诱惑力极大的食物组合我实在难以淡定。

“谢谢光临。”带着中国口音的女服务员高声将我送出店外。阳光猛烈如同盛夏，我迈着微醺的步子徜徉在神保町旧书店街，预感到今天的收获将会很大。

某日（夏风吹拂 25 度）六本木

柜台对面的架子上一溜排都是比葡萄酒杯大得多的玻璃杯，在它们的旁边有一个厚重的生啤杯，细长、无脚，只此一个。其实它们全都是啤酒杯，我被店里比利时啤酒的气势吓到了。

听说最近喜欢比利时啤酒的人多了起来，我若只顾恋自己的嗜好就太不解风情了，于是拔腿走了一趟久违的六本木。由比利时修道院生产的希迈啤酒被进口到日本已经有20年的历史了，所以之前我也喝过不少。这种装在圣杯形状酒杯里的比利时啤酒只需喝上一口，就能分辨出它与日本熟啤的区别，比利时啤酒清爽且别有一番醇厚的口感。

比利时啤酒多以自然发酵为主，原料中有我们不太熟悉的水果和香料，酒精浓度多在10%，也有一些超过20%的。比利时啤酒的多样性、复杂性绝不输给葡萄酒。这样看来，日本的啤酒往好了说就是专一型的，直来直去。而日本人一旦接触到比利时啤酒就很容易被它繁复的花样所吸引，结果一发不可收拾。

比利时啤酒真有这么神吗？带着这个疑问，我来到了位于六本木的比利时啤酒专卖店“BELG·AUBE”，店名意为比利时的黎明。尽管我已鼓足勇气再次推开比利时啤酒的大门，可刚踏入这个世界，迎头就被琳琅满目的酒杯和气势强大的啤酒镇住了。

“先来一杯最好喝的吧。”我这话说得好没底气。店主菅原亮平听后一时竟不知如何作答：“嗯，那您喜欢什么口味呢？”他当然要这么问了，比利时啤酒的种类如此繁杂，我一句“先来一杯”，无疑是徒劳无功的。然而，菅原到底经验丰富，他指导性地说了一句：“那就先从这只粉红大象开始吧。这啤酒名为Delirium Tremendous，意思就是因酒精浓度而产生的幻觉。它口感清爽，很容易上口，不过它的酒精浓度在 9% 以上，一不小心喝多了就会感觉有很多粉红的小飞象在眼前旋转……”店里的啤酒均由店主亲自去比利时的酒厂采购而来。

就这个了。我决定骑上这粉红色的飞象来一次空中散步。

菅原缓缓地将啤酒倒进酒杯，动作十分谨慎。他先从离杯子 10 厘米的高度开始往杯里慢慢注酒，以便制造出浓厚的酒泡，最后在杯子上部将酒泡截住。

“请您先闻闻啤酒的香味。喝比利时啤酒时首先得将香味和口感含在口中慢慢地品尝。”

原来如此。怪不得啤酒杯的杯口这么小，原来是为

了封住酒香用的。我将酒杯凑近鼻孔，哇，一股清爽的酸味，如同置身大草原一般。我再静静地将酒杯仰起喝了一口，果然爽口，似乎还带着菠萝的芬芳。入口爽快，回甘却很微妙。

“您看这酒瓶底部还留有两厘米左右的浓酵母，您把它倒进杯中搅一搅，又会产生另一种口感。”

我半信半疑地照做，天啊，口味更醇厚了，像在原先的美味上又加了一道浓彩。难道这就是比利时啤酒深不可测的奇幻世界？

此刻我兴奋得好想跳一支飞象舞。为了让自己清醒过来，我又让菅原选了一款名为XXBitter的比利时啤酒。酒里带着一股香料的苦味，口感却十分细腻。啤酒花的香味在辣与苦之间弥散，我的惊奇又增加了几分。

“一般来说啤酒越新鲜越好喝，可比利时啤酒有的却可以窖藏十年甚至二十年。它们多在酒瓶内发酵，这一点与葡萄酒、香槟类似。”

这家酒店共有五十种桶装啤酒，再加上瓶装的，种类不下一百，都是店主亲自采购的。哎，我就这样迷失在了比利时的森林深处，无法自拔……

“……再换一杯。”

某日（绣球花开 24.5 度）银座

今天也很热，当青紫色的绣球花次第开放，便觉出梅雨季节马上就要来临了，阳光如夏天一般灼热。于是，我很想去一个地方。

今年的啤酒花园开张了吗？

在广袤的星空下，边吹夜风边喝生啤，那滋味真是无与伦比。盛夏来临有盛夏来临时的美味，梅雨季节又有梅雨季节特有的福利。

基于以上理由，我们四个女人聚集到银座松坂屋的屋顶啤酒花园“麦羊亭”来了。按下电梯上的 R 字按钮，电梯一下升到了屋顶，门一开眼前就是出售热带鱼的卖场。这光景简直和儿时一模一样，昭和时代的古早味依旧。登上屋顶露台，只见到处都摆着白色的花园椅和小圆桌，时间刚过晚 7 点，这里的男女老少已经举起了啤酒杯。露台上黄色的灯笼随着夜风摇摆。听，GLAY *BEAT out*！的歌声自音箱传来，同时传来的还有烤羊肉的香味。

“来四杯生啤，还有烤羊肉。”

等穿梭于小圆桌之间的服务生端来啤酒，道一声“您请”之后，大家就立刻接过杯子，二话不说地举了起来：“干杯！”

时间瞬间停止，接下来耳边便是一串满足的欢声。

爽！四个人不禁同时仰天长叹。

“哇，来这儿的还是男人的比例高啊，”小优环顾了一下四周喃喃道，“而且各年龄段都有。”来啤酒花园的大都是年轻人和大叔，间或有五六桌男女混搭的食客。大家脱了上衣，解了领带，亲亲热热地系着吃烤羊肉的围兜，占据了这一片星空。

“突然觉得自己像在参加一个户外活动。”没想到在银座的中心地带，我们只需数十秒就能登上屋顶，做一场精彩的避世之旅。

嘶——

烤羊肉锅上的热气荡尽了平日里的愁绪，烤熟的羊肉引诱着大家同时伸出筷子，夹肉入口，嘴里立时充溢肉汁的鲜美。

“烤羊肉真是好吃。”

“豆芽也好，它把肉的味道都吸进自己身上了，这存在感令人感动呐。”

我瞬间爱上了这里的豆芽，又点了一杯生啤。大喇叭里播放的音乐此时已转为业已解散了的小室家族的老歌串烧，歌曲如此怀旧，不禁叫人忧伤，时光仿佛倒流回去了似的。啤酒花园的魅力就在这样一种安宁的心绪，浮世的喧嚣永远追不到这悬在空中的啤酒花园里来。

某日（梅雨前夕的阴天　24度）中目黑

在静冈县沼津港附近，有一家专门生产超美味啤酒的小型酿造厂，名字叫做“BAIRD BREWERY”。它的主人是美国人布莱恩·贝德以及他的太太小百合。布莱恩先生凭借他在美国酿造学校学习的知识，酿造出了超级美味的无过滤、瓶内发酵啤酒。2000年，他在沼津市办起了这家啤酒工厂，如今已经成了日本非常具有人气的一家酒厂，自日本全国各地飞来的订单如雪花一般。听我这么一介绍，Y田君就和新进公司的H君猛扑了过来：“这么好喝的啤酒，真想立刻就来上一杯啊。”

好吧，那我带你们去。实际上，这个酒厂在东京的中目黑有家直销店。

除了供应传统的七种熟啤和淡啤以外，还提供各种季节限定的口味，并且可以用小试饮杯一种一种地品尝。我选的第一杯是有淡淡柑橘风味的“saison sayuri”，Y田君选的是比较醇厚的“Rising sun pale ale”，H君则选了有点苦味的“angryboy brown ale”。三个人选的啤酒口味不同，但有一点共同，即新鲜的酒花很自然很爽口。这家酒厂酿造的啤酒不添加任何碳酸，只采用自然发泡的酿造工艺。将麦芽煮沸后加入新鲜的啤酒花，成熟时再加一次酒花，这样酿出的啤酒就格外醇厚，在别家啤酒中是尝不到的。

“哇，这酒太赞了。”两个青年异口同声地称赞。从酒厂直接送来的啤酒，鲜度是一般啤酒完全无法比拟的。眨眼间三人就喝干了手中这杯。接下来我们又分别品尝了“european summer ale”“kurofuneporter”“morning coffee stand”。

“如果我们平时总喝一个品牌的熟啤，那么就完全无法了解其他口味的啤酒啦。今天的啤酒给我的冲击力太大了。”

没错，没错，这句话说出了品尝啤酒的关键问题。

某日（鱼腥草繁茂　26.5 度）六本木

周末晚 9 点半。这是我第二次去敲“BELG・AUBE”的门，同行三人，都企图以比利时啤酒跻身啤酒界。

这第二次上门，我首先让店主给挑了瓶略带乳白色的“troublette”。酒标的一角画着一只蜗牛，像是在说：“以你自己的速度慢慢品尝吧。”

“我只喝过一种名叫 Hoegaarden 的比利时白啤，不过像今天这么慢悠悠地品尝一杯啤酒还是第一次呢。”坐在无什么酒量，只得小口抿酒的 Y 田君身边的是新进公司的酒豪 H 君，他今年 24 岁，正手握酒杯，以掌温一点点提升啤酒的温度，俨然一副老到的样子。事实上淡啤型的比利时啤酒在温度逐渐升高的情况下喝，比冰镇着喝更能散发出香味。它是一款以手温滋养出自身口味的包容性啤酒。柜台里面的菅原也推崇这种喝法。

“总之就像是早安少女组合一样的啦。成员统统都是二流水平，没有一个是拥有万人粉丝的顶级偶像，但里面只要有一个让人喜欢的类型在，整个组合就红了。”

喝比利时啤酒时用的酒杯也各不相同，其中就包含了酿造者给品尝者提供的个人建议，也传达了他们希望客人留住酒香和酒泡的想法。“我们的工作就是要将酿造者的意图传递给大家。”菅原热心地向大家介绍着。

今晚我点的最后一杯是“St.bernarous tripel”。喝一口就感觉一股水果香自鼻腔涌出，舌尖上微微的辣味带点香料的刺激，令人格外畅快。酒精浓度在8%。

“我突然想起件事。”Y田君颇有意味地一笑，每当他露出这样的微笑，必是发现了我们想不到的事情。

“这杯啤酒定价1000日元，用这么长的时间来喝一杯酒精浓度8%的酒，那算下来就等于喝了两杯普通啤酒咯。这么计算的话，很实惠啊。”仅靠一杯啤酒就能在店里坐上半天，这方法既雅致又悠闲。尽管我还无法把早安少女组合里的人名和模样一一对上号，却预感自己将会和这种类繁多的比利时啤酒长久地交往下去。

某日（栀子花开　24.5度）新桥

啤酒屋是老城的一宝。因为想喝啤酒我便心无旁骛地闯进啤酒屋去，心想："我终于来了。"著名的倒酒师毫无保留地向我展示了他的技巧，为我斟上一杯最美的啤酒。在啤酒屋喝酒，味道很特别，这滋味非得进老城去才体味得到。

是一家啤酒屋让我意识到了这一点。它就是原本位于东京八重洲的"滩哥伦比亚"，店主是已故的新井德司，一名德高望重的倒酒名师。啤酒屋自昭和二十四年创立以来，凭借新井师傅独创的倒酒方法，赢得了众多顾客对他们店中啤酒口味的称赞。说实话，它的美味确实让人尝过不忘，啤酒的口感既清爽又柔和，我不由得一杯喝完又续上一杯。滩哥伦比亚啤酒屋让我品尝到了真正美味的啤酒，遗憾的是1993年店主新井师傅突然病故，此后啤酒屋便令人惋惜地关了张。

事实上，新桥站附近还有一家啤酒屋完全继承了滩哥伦比亚家啤酒的美味，店名叫"BIER REISE'98"，店主是受到新井师傅亲传的唯一爱徒松尾光平。松尾师傅继承了在滩哥伦比亚时师傅最心爱的一台冰冷型旧式生啤机，如今他仍用这台机器为客人倒着天下第一美味的啤酒。

这里的啤酒也很容易上口。BIER REISE'98里卖的都是朝日樽生，可喝一口松尾师傅倒的酒就会感觉味道与众不同。回过神来才发现自己面前的酒杯已空，肚子却一点也不胀，没有一般啤酒的那种胀腹感。

“来我们这的客人一般都能喝上十杯呢，客人们不是常这么说：‘先来一杯啤酒吧。’这个‘先来一杯’也暗藏着喝一杯就够的意思，第二杯他们就会换其他酒喝。可我们这的啤酒绝对有条件让人想再喝第二杯、第三杯。”

这个“有条件”便是名师高超的技术。名师说出的话总蕴藏名师特有的自负。松尾师傅就这样向我说出了一串一串的经典名言。

“啤酒工厂是生产啤酒的父母。如果把装在酒桶里的啤酒用人来打比方的话，她就是婴儿。倒酒师傅用自己的技术去悉心滋养她，使她出落成一个淑女，倘若养得不好，就会养出个太妹来（笑）。由于啤酒里富含二氧化碳，把握好二氧化碳的量，把它适当地控制在啤酒里，这样啤酒才会好喝而又不胀肚子。”

“啤酒泡会分化出液体和苦味，所以吹着瓶子喝没有酒泡的啤酒是觉不出美味的。对啤酒来说酒泡十分关键，做出酒泡再仔细地去除它就能将它与液体分离，去掉一部分二氧化碳。

结合松尾师傅说过的话，我感觉啤酒仿佛是个有机体。不，应该说啤酒是经过倒酒师悉心滋养出的自家美淑女。

不过，啤酒口味还取决于酒花。感受酒花的苦味，又

倒酒呢，
要分两次倒。
ASAHI BREWERIES LIMITED
Asahi
アサヒビール
哇！怎么这么好喝！
没有苦味，
将啤酒的香甜展示出来。
与众不同！
啤酒就是这么好喝！

能在控制苦味的同时突出麦芽的甘甜，这也需要倒酒师的技巧。

“酒分两次倒，才能磨去苦味的棱角，让啤酒口味柔和。下面我就给大家演示一下。请看，第一次我先将啤酒注入杯底，这样就会有粗大的气泡冒出来，用这个方法倒出的酒就是普通啤酒。去掉上层的气泡，把生啤酒机的先端插入气泡下的液体，慢慢地加满，这样倒出的啤酒才好喝。”

接过松尾师傅递过来的啤酒杯，喝一口，我立刻被啤酒的细腻口感震住。这种两次倒酒法是不是也适合用在自己家里呢？对我提出的这个问题，倒酒名师重重地点了点头。

要想在家里也喝到美味的啤酒，必须掌握以下的诀窍。

1. 选用易产生气泡的大杯子。太小的杯子倒出的酒比较压嗓子。由于温度差异会使酒产生大量气泡，所以酒杯不能太冰。

2. 竖直酒杯，首先快速将啤酒注入杯中，产出酒泡，去除二氧化碳。酒泡的量大约占杯子的三分之一。

3. 静静地等酒泡回落。

4. 稍微倾斜酒杯，小心不要放跑二氧化碳，把酒从酒杯边缘轻轻倒入，将酒杯倒满。

倒酒名师毫无保留地展示了自己的技艺之后，举目望着远方喃喃自语道：“我在捷克的‘黄金老虎’喝过啤酒，那滋味至今记忆犹新，只觉得酒泡不停地涌向唇边。真希望自己也能倒出和它一样好喝的啤酒啊。”

松尾师傅学生时代便在“滩哥伦比亚”打工，从那时开始学倒酒，如今已过去了三十个年头。松尾师傅的一生几乎都在与啤酒打交道。

原来，在这杯啤酒的滋味里跃动的是一个男人将人生交付啤酒的动人故事啊。

盛夏食鳗

一吃烤鳗鱼，脑袋就会发热。

夏天临近时，一个星期接连听到三个人说这话，倒也蛮让我吃惊的。准确地说，三个人中的一位还补充了一句，说是额头部分：“一吃鳗鱼饭就会觉得额头这一块突然冒出一股热气，就像点着了导火线似的。”

我懂的，我完全理解。每次我打开鳗鱼盒饭的盖子闻到香味，看见里面油光锃亮的酱汁时，就几乎要仰面摔倒。

烤鳗鱼为什么会使人丧失理智呢？每每有人谈起，不管他说的是鳗鱼盒饭还是鳗鱼盖浇饭抑或干烤鳗鱼，听者的眼睛就都不约而同地熠熠闪光，然后无比陶醉地扭动着身体说：“啊，好想吃烤鳗鱼哦。”特别是在炎炎夏日里。

小时候每逢暑假，家中都会吃两三次烤鳗鱼。伏天开始时，母亲买回刚刚烤好的鳗鱼，我们一闻到那层层包装之下散发出的香味，就知道今天有烤鳗鱼吃了。光是这股香味就惹得人咽口水。倘是我们等不及，在一边手舞足蹈，母亲一定会说："夏天了嘛，大家都要补一补。"母亲的语气像在说服她自己，毕竟是她带头奢侈了一番。

当全家围坐在一起品尝烤鳗鱼时，我们把刚煮好的米饭，连同米饭上铺着的烤鳗鱼一起塞进嘴里，顿觉双眼放光，连精神也振奋起来。有机会痛痛快快地吃一顿烤鳗鱼，对我们来说无疑就是一种战斗力，是炎夏的超强醒脑剂。

毋庸置疑，这种感受如今依旧存在。好吧，今天就奢侈一下，吃顿烤鳗鱼吧。长大以后我也常这样想，不，是因为我长大了，所以觉得偶尔奢侈一下，品尝品尝烤鳗鱼才更能显出日子的与众不同。

有一处街市简直就是烤鳗鱼的殿堂，一天二十四小时无论早晚都有烤鳗鱼卖。这地方不是别处，正是千叶县的成田。不信，你看嘛，成田市自制的广告语就是："鳗鱼洄游的街市——成田。"

成田市每年7月15日至8月23日，在全市范围内举办"成田鳗鱼节"，直至平成二十一年，已经举办了五届。成田的夏天完全成了烤鳗鱼的天下。

事实上，成田盛产鳗鱼是有渊源的。江户时代成田因吸引了众多来成田山朝拜的香客而逐渐繁荣起来，神庙附近的旅馆和饭店为了向香客提供食宿就拿出鳗鱼款待客人。

恰好此时江户有许多人喜欢吃鳗鱼，印幡沼产的野生鳗鱼很快在市面上得到了好评。人们长途跋涉来成田山朝拜，吃到美味的鳗鱼饭，消除了旅途的疲劳，于是成田鳗鱼饭的名声迅速传入江户城内。

我偶然听到这个故事，便一刻也坐不住了，原来自己本性里是这么的喜欢烤鳗鱼。

出发。去成田。吃成田烤鳗鱼去。不愧是烤鳗鱼，它总有本事让人失控，连我也无法抵御诱惑，终于在三日之后，连酷暑炎热也顾不得考虑就急匆匆地在东京站坐上电车直奔成田而去。

“你知道吗？其实，歌舞伎和成田也有很深的渊源。”当我正无心地望着窗外炎热的夏日风景时，坐在我身边准备一同前往的Y田君突然没头没脑地冒出这么一句。听他这么说，倒让我想起歌舞伎演员市川团十郎的府邸，其名就叫“成田屋”。

“元禄时代第一代名伶团十郎的名气非常响，他父亲就出生于成田。所以成田的名声由他在江户城中传开，”迷恋歌舞伎的Y田君显示出他渊博的学识，“由团十郎父子共同演出的剧目《兵根元曾我》十分成功，由于他们家第二代、第三代伶人也都信奉不动尊菩萨，老百姓心中便有了成田不动尊的一席之地。据说事情就是这样的。”人们听说这个传闻之后，距离江户城不过十六里，普通人花个三四天脚程就可以到达的成田便成了老百姓游玩的首选了。

有首歌唱道："成田山出景气，开运昌盛的神明哟。"

成田不仅有诱人的烤鳗鱼，还护佑着游人的气运和昌盛，不愧是自江户时代以来就大量吸引参拜客的宝地啊。我们走在路上也时常预感今天将会有好事发生。

在成田若想吃烤鳗鱼，就一定要来这一家，即名叫"川丰"的小店。此店创立于明治四十三年，专做鳗鱼料理。远道而来的香客之间早就有"吃成田鳗鱼到川丰"的口碑，所以到这家店来便能将鳗鱼的所有精华一举拿下。

我们一行颇有干劲地在 JR 成田站下了车，往东走了没几步，就进入了通往成田山的参道。

"咦，这条就是参道吧？"

"应该是吧。"

我们环顾四周，这里确实是参道，没错。可这里的参道和普通的商店街非常相似，路面不宽，两旁是一家接一家的"煎饼店""酱菜店""羊羹店""土产店""荞麦面店"，而且随处可以看到"烤鳗鱼"的招牌。不仅如此，街边还夹杂着几家印度馆子和泰国饭店呢。成田山真是海纳百川啊。话虽这么说，但炎炎夏日来朝拜的香客确实不多，参道上流动着散淡的空气。

哟，那是什么呀？街道两边不时可见天蓝色的小旗迎风招展——

成田鳗鱼节——鳗鱼洄游的街市成田。

小旗做成鳗鱼的形状，又长又黑，随风摇摆迎接着四方的客人。让人一看就知道自己已身处鳗鱼的圣地。

顺缓坡前行十分钟，走过了“成田观光馆”，就进到山门前了，这时便可以看见“川丰”落落大方地出现在眼前。

大家不由得跑上前去，只见正对参道的店门大敞着，角落里十分威风地放着一块厚木板，木板上一把华丽的菜刀正在娴熟地剖解钉在案板上的鳗鱼。两位鳗鱼师傅相对而坐，手上的刀法利落而熟练。

一块长两米的银杏木案板上放着一条又滑又倔强的黑色鳗鱼，师傅们变魔术似的用刀将鳗鱼的背部一剖为二，显露出又肥又白的肉身，接着他们把鱼头、鱼骨、筋、鳍、肝全部去除干净，剥个精光，再将鳗鱼整齐地切成段，拿竹签串好，眨眼间一串鳗鱼串就完成了。手法熟练的鳗鱼师傅毫不吝啬地向客人们展示着自己的技艺。

等师傅又从桶中拿出一条来回扭动的鳗鱼后，我们往桶里看了一眼。哇，桶里的鳗鱼真多啊。在一个需两人合抱才能抱住的大木桶里，净是脊背黑亮的鳗鱼。它们身材肥硕，彼此缠绕，不停地扭动着，显示出不可抗拒的生命力。

店里的鳗鱼还不止这些。我们看了看周围一个叠一个的木桶，里面也满满的都装着鳗鱼。流水不断地注入桶中，仿佛在“川丰”的一角放了一个大鱼塘似的。正当我们饶有趣味地观察这些鳗鱼时，“川丰”第三代主人伊藤小澄对我们说：“这个鱼塘的水是来自地下的井水。你别看这些鳗鱼现在活蹦乱跳的，井水里的氧气一多，它们就蔫儿了。井水水质的好坏直接影响我们店里鳗鱼的口味。”

原来如此。“川丰”早先是一家批发河鱼的商店，除了卖鳗鱼之外还卖鲤鱼、鲫鱼和泥鳅等一些附近河中出产的河鲜，之后才慢慢转为一家专营鳗鱼料理的饭店。如今为了保证店中鳗鱼的品质，他们常年向静冈、爱知等鳗鱼产地订货，不过对河鲜来说最重要的还是水质，成田的鳗鱼好吃就得益于成田的这一方水土。

“嗯，我已经等不及了。我们赶紧吃吧，鳗鱼。”Y田君说着脸上显出一丝迫不及待的表情。我当然同意他的建议，因为我现在也是一副着急的馋嘴模样。踏入店内，我们立即被眼前处理鲜鳗鱼的场面震住了。师傅们熟练地宰鱼，我们盯着那些被剖开的厚实的鱼肉看，整个人都笼罩在店内烤鳗鱼的香气里。就是为了眼前这一幕，我们两个人才心心念念成田的烤鳗鱼，特意乘上电车摇晃过来的。

此刻恰逢中午，阳光猛烈，正是吃鳗鱼的最佳时机。我们踉踉跄跄地走到店内一处混坐的榻榻米座席，在座垫上坐定的Y田君喘着粗气说：“两份鳗鱼饭盒、两碗鱼肝汤，还有……

“哦，这之前先来个鲤鱼刺身、干烤鳗鱼和一瓶啤酒。”

等待鳗鱼上桌的这段时间我们一点也不无聊，我们一边心怀期待，一边吃着“川丰”拿手的鲤鱼刺身，接着又是干烤鳗鱼，再喝一杯啤酒，耐心地等待主角的登场。

明治四十三年创业
至今已一百年
串串练了三年，
切块八年，
烤……得练一辈子。
首先，吃盐烤。
再尝酱油味的。

肚里有了点东西，心情才放松下来，得空看看店里的模样。这种混坐的榻榻米真好，客人们围坐一团仿佛彼此都是亲友。只见这里坐的四位女士正埋头吃着鳗鱼饭盒，那里一位大叔就着干烤鳗鱼悠悠喝着清酒，还有两个外国父子手拿旅行指南……各人各样，却又相辅相成。大家都沉浸在“川丰”的氛围中，俨然成了一道风景。

我拿醋味噌蘸在又脆又软的鲤鱼刺身上吃，不一会儿干烤鳗鱼就端了上来。用筷子将鱼肉拨开，热气腾腾的白色鱼肉就松松地散开（一吃鳗鱼，我不知为什么，就会觉得自己像个大叔）。轻轻地挑起一块鱼肉放在舌尖，鱼腹蓬松，鱼尾弹性十足，口味清淡却富于变化。而且这一盘定价才 2200 日元，实在令人高兴。

我们一点点地品尝，却把自己撩拨得心焦起来，干烤鳗鱼里竟隐藏着这样一种自虐的快感。

“啊。”“哦。”大家嘴里不约而同地发出这种声音，同时将身体坐正。瞧，鳗鱼饭盒隆重登场了。

“让您久等了。还有一个鱼肝汤，我马上送过来。”服务生说着，紧接着听见朱漆的饭盒发出细微的声响，饭盒就被端放在了食桌上。我们俩俨然已经成了大叔，嘴边不禁浮现出一丝坏笑，眯缝起双眼凝视着已经到手的鳗鱼饭盒。

打开盖子。

屏住呼吸。

迅速地大吸一口烤鳗鱼的香气，生怕它溜走。

一整条油光铮亮厚实的烤鳗鱼就像被褥一样平展地盖在饭盒之上，散发出来的香味统统归我一人所有。无论如何这鳗鱼饭我是不会和别人分享的。

我从饭盒边缘插入筷子，耕地似的将鱼肉挑起，和饭一起放进口中——酱汁浓厚甘甜，与肉厚油稠的鳗鱼混合在一起，你中有我我中有你，口感丰满滑润。且丝毫无损鳗鱼自身的鲜美，它仍个性鲜明地立于不败之地。

“如果每天没有这么大的客流量，我们店是无法维持住美味的。”刚才店主伊藤这么说过。因为烤鳗鱼之前先得将串在竹签上的鳗鱼浸入酱汁瓶中浸泡，这样浸透酱汁的鳗鱼会将自身的鲜美与油脂渗入酱汁中，相互作用。“我们每天要浸泡许许多多的鳗鱼串，每浸一次也等于重新让酱汁复苏了一次。”

据说偶尔重新添加的新酱料和原来老瓶子里的旧酱料味道并不相同，所以装酱料的瓶子就是镇店之宝。没想到这让人失去理智的美味还有叫人敬畏的一面。

我们平静地吃了几口，又往鳗鱼上撒了点花椒，再举起筷子一扫而光。我们由着性子大快朵颐，直到消灭掉最后一粒米时，浑身便开始发热，脑袋开始发烧。

吃烤鳗鱼时，彼此缄口不语。当Y田君放下筷子，吐出的第一句话是：“你不觉得自己的这个部分很热吗？我感觉额前生出了第三只眼睛似的。”

天啊，这话太耳熟了。

好了，吃完了。结账时一碗上等鳗鱼饭盒是2800日元，一碗鱼肝汤100日元。这价格真不知是应该感谢还是要觉得抱歉，付账时，我们向店家合掌礼拜。

真的非常好吃，吃得太过瘾了。好想向那些相对立在大银杏木案板前，单手握住鳗鱼专心致志工作的师傅们也说声谢谢。

“学串鳗鱼要三年，学剖鳗鱼要八年，学烤鳗鱼则要一辈子。”这是烤鳗鱼行当里的一句俗话。据说在“川丰”辛勤工作了四十年的师傅们，看一眼买回来的鳗鱼，就立刻能分出哪些是好吃味美的，哪些是没法拿出去招待客人的。从串鳗鱼的部位到烤鳗鱼的火候，他们处处细致认真，丝毫不敢怠慢，这样制作出来的鳗鱼才撑得起成田鳗鱼的招牌。

我们二人摩挲着滚圆的肚子，登上了坡道，到成田山新胜寺去朝拜。这座全新的总山门是两年前新盖的全榉木建筑。拾级而上，只见眼前矗立着壮美的仁王门，据说是天保二年（1831）翻造的。进入仁王门再走一段，登上右边的台阶就看到了宽敞的寺院，当中一座大本堂。好，我们拜一拜。若到了这里还不合掌真是既对不起成田山又愧对了烤鳗鱼啊。

我们走进大本堂，看见本尊佛像面前正在举行护摩祈祷大法会。原来这就是长年以来一直吸引着善男信女前来朝拜的护摩佛啊。护摩之火象征不动明王的智慧，护摩树则象征烦恼。庄严的真言密宗的祈祷托于熊熊燃烧的火焰之中，令远来的香客们虔诚地俯首，领受佛的加持。我们二人亦肃穆地并坐佛前。

顺利地结束了朝拜之后，两个人终于松弛下来。朝拜也朝拜了，烤鳗鱼也早早吃了，我们放松神经，顺着参道往回走，悠闲地四处张望。我们仰头看见了带有眺望楼的木造“大野屋旅馆”，它建于昭和十年，建筑风格极其豪奢；我们又尝了尝酱菜店里的酱瓜；还在土特产店发现了当地特产花生派和小馒头，紧接着又看到了鳗鱼味的芝士蛋糕，二话没说立刻品尝。据说这蛋糕里加入了鳗鱼精华，

倘若事先不知道的话，还真尝不出来。

再走一会儿就是参道尽头了。心中突然有些不舍，便进了一家创立于弘化二年（1845）的“后藤团子屋”，要了一碗刨冰。吃完烤鳗鱼，又吃刨冰，这种组合倘是被母亲知道，准得被呵斥：“肚子会痛哦。”不过现在母亲不在身边。

这家的刨冰真是又冰又爽。因为店家总是等有客人要买时，才把冰柱子拿出来，然后用传统的削冰机削成冰碴，所以吃到最后冰也不会全部化掉，好好吃的草莓牛奶刨冰啊。

门帘一动，进来一位刚结束朝拜准备打道回府的奶奶，开口说：“要一杯刨冰。嗯，草莓牛奶味的。”可见夏天朝拜的乐趣还有这杯刨冰的功劳，到了秋冬季节，店里就会改卖烤团子了。春天呢，则有新鲜的艾叶团子卖。原来这家店也是长年在为那些辛劳朝拜的人们服务的啊。

午后舒爽的微风从敞开的窗外吹进来。我心想，今天吃的烤鳗鱼味道美，刨冰也不错，朝拜也完成了，真是诸事顺心啊。忘了是在什么时候，曾经听邻居太太低声提起过：“到成田山去朝拜一次就一定会有福报的，一点不骗你。”

也许我是第一次朝拜成田山，所以遇到的净是好事。广告也没说谎，这里果然是鳗鱼洄游的繁荣街市。

今天一整天都汗津津的，热得要命，临近傍晚才有了点凉风。这是一个周末的傍晚。我要带上两张千元钞票，穿双凉鞋去吃个烤鳗鱼串。

得赶紧走才行啊。

“川势”一般5点开门，一开门店里就会坐满客人。从JR荻洼站北口出来步行一分钟，出站后立刻就会看到一个满是昭和年代怀旧风格的拱顶商店街。这些店铺里有一个门面就叫川势。铺子不大，只有十个吧台座。店主人铃木康治只经营烤鳗鱼串这一份生意，到今年已经33年了，因为常客们长久以来的支持，所以今天它也准时在钟敲5点时开了张，且不一会儿店里的位子就全坐满了。

只见店主在吧台后面把炭火烧得旺旺的，鳗鱼从头到尾全部由手工烤制。品种自鳗鱼头到鳗鱼尾，一个不差。如果要一份全套，那就会有6种鳗鱼串摆在你面前——

鳗鱼内脏

鳗鱼鳍

鳗鱼肋

鳗鱼肝

鳗鱼背

鳗鱼八幡卷

这六样加起来总共1240日元，再喝一杯生啤，带去的2000日元还有得找。如果喝烧酒的话，一杯350，够喝两杯。就这样，2000日元吃饱喝足，我还有什么不满意吗？

“来份全套吧，再加一杯生啤。”我这边刚说完，身边传来一个熟悉的声音：“我也要和她一样的。”心头一惊，赶紧回头看，天啊，竟然是Y田君。他一边冲我微笑一边点菜。成田的鳗鱼好吃，这一家也不错啊。没错没错，记得我对他说过，如果周末要去“川势”的话，一定得赶在5点去。我算服了这个正宗的吃货。

干一杯啤酒犒劳下自己，不大工夫，上来了三串烤串：鳗鱼内脏、鳗鱼肋、鳗鱼肝。

烤内脏很有嚼劲，嚼完嘴里有淡淡的苦味。鳗鱼肋指的是鳗鱼当中那条骨头的中段，脆脆韧韧的。再吃一口鳗鱼肝，太新鲜了，好有弹性。同样是鳗鱼，每串的味道和口感都不一样。因为酱汁清淡，反而突出了六种不同的口味变化。

“哇，真没想到鳗鱼身上还藏着这么多部位，真是怎么做都好吃啊。”听到Y田君这样赞不绝口，我也不禁骄傲起来：“如果觉得鳗鱼不过酱烤和干烤两种吃法的话，这辈子就算白活了。”其实让我懂得这个道理的，还是川势店主铃木，他之前在中野的“二郎”当学徒。二郎和川势这两家都是不怕费功夫细心做事的小店。仔细想想，这一串一串的鳗鱼肝、内脏得需要用多少条的鳗鱼才能做出啊！只要一想到店主每天早上7点就开始准备，便不得不为他们付出的辛劳所折服。

我们身边坐着两位几乎天天都会到场的常客。“好吃，

真好吃。”他们俩好像每天吃都吃不厌似的，彼此啧啧称赞着喝干了手中的啤酒。

烤鳗鱼真是不可思议。别说来店里吃饭的客人了，就连成田川丰的伊藤也说过：“我们每天和鳗鱼打交道，也会很想吃一口。”同样，川势的铃木也这么说：“我们一边烤，一边也会觉得好香，好想吃。”鳗鱼营养丰富，不但富含维生素A和E，还蕴藏丰富的钙与维生素B群。江户时代人们之所以会掀起吃鳗鱼的热潮，也是因为那时官府禁止普通百姓食肉，人们唯一能吃到的高营养动物就只有鳗鱼了。

“您久等了。”剩下的三串也端了上来。烤鳗鱼鳍用的是鳗鱼的背鳍，拿韭菜包着一起烤，吃口松软。烤鳗鱼背是将四分之一块鳗鱼卷在竹签上烤，口感相当不错。八幡卷是用鳗鱼肉卷在牛蒡上烤出来的，分量十足。每一串都与鱼皮的香味相得益彰。

我一口气吃了六串烤鳗鱼串，另一只手则拿着冰得透透的啤酒。能享尽这样的美味，对烤鳗鱼的念想也算圆满了。此外店里还提供鳗鱼的腮帮肉和鱼头，均用刀切碎，十分有嚼头；切成短条子的鳗鱼肉也很有弹性；再有就是卷着藕片烤来吃的鳗鱼莲藕。这每样菜都叫人由衷地感佩店主手艺的精细。如果最后还想要一碗鳗鱼盖浇饭的话，店主就会马上去蒸出来给你装到大碗里。

不过，今天我一吃完就准备走了，后面还有不少客人要进来。有些客人在门口望见店内已经座无虚席，便只好失望地折返回去。我还是识相地赶紧走吧。

两个人各出了2000日元，向主人致了谢，告诉他下次还会再来。

夏日正酣，烤鳗鱼正好。等到九月，洄游鳗鱼的味道就更美了。我想趁着这个势头，健健康康地度过剩下的几个伏天。

在池袋来场中国东北游

“总归是心血来潮，东京夜晚的池袋啊。”青江三奈1969年用沙哑的嗓音唱出这首《池袋之夜》，赢得了大众的喜爱。不愧是三奈姐，四十年以前就有了先见之明。如今的池袋果然是一阵心血来潮就发展起来了，这在过去是无法想象的。

出了JR池袋车站北口，眼前狭窄的交通岛杂乱不堪，人声鼎沸。车站附近满是金字红底的汉语招牌，店门口陈列的则是豆浆、煮鸡蛋和堆成小山似的中文报纸，空气中不时飘来一股煮八角和酱油的味道。

“如今站在这个十字路口，耳朵里听到的都是东北话。十年前，这里还是上海话、普通话和福建话的天下呢。”我们也有些自惭形秽。说这话的是一个已经在池袋生活了

二十年的上海男人。

以前居住在横滨、神户、长崎等港口城市的中国人被称作“老华侨”，而二十世纪八十年代后以就学签证来到日本的中国人都被称作“新华侨”。对这些“新华侨”来说，池袋的房租便宜，周围日语学校、专门学校也不少，离市中心近，上学上班交通都相当便利，因此他们找房时会首选池袋。居住在池袋所属的丰岛区的中国人口数量已经直逼新宿区，达到了都内第二的排名（2012 年，数量为 11632 人）。2000 年后随着中国经济的增长，来日本的中国人数量也在增长，尤其是东北三省的中国人，即辽宁、吉林、黑龙江三省的“新华侨”都集中在池袋地区。

一个人会引来一群人，有人就会产生集市。这些年中国食品店、书店、录像带出租店和旅行社在池袋车站西口到北口一带接二连三地冒出来，而中国东北菜馆则陆续出现在开发得较好的车站东口和铁路线对面的北口一带。这些饭店里聚集着大批中国人，从顾客到店员，处处可以听见此起彼伏的汉语交谈声，让人仿佛置身一个奇妙的世界。

（此处何处？）我们一进门就如同踏上了中国东北的大地。眼前摆放的正是一大盘东北酱骨头。

“和朋友见面，我们都会来池袋。互相交换一些生活、学习上的信息，临走还可以买点中国的南货和调料回去。”一个 21 岁的黑龙江姑娘说。她现在在一家中国人开的卡拉 OK 店上班，工作是同乡介绍的。在池袋周围只要进入中国人的社交圈，即使一个日本的朋友都不认识，也一样可以

好好地生活。

“中国人都喜欢和朋友一起吃饭嘛，所以来这里吃东北菜是首选，价格便宜又好吃，别处找不到的。”

到池袋就等于找到了故乡的味道。我走进池袋车站北口前面一幢古旧四层大楼，也就是相当于地标的“知音中国食品店”。只见整个楼层都是从中国直接进口的美食。比如当零食吃的西瓜子、葵花子、话梅、牛腱丝，还有煮菜用的红枣、干豆腐、豆子和杂粮，中国东北地区特有的酱冬菜、腌酸菜，带皮猪肉、黄花鱼、调料等应有尽有。

我又去隔壁“知音小吃广场”转了转，竟然有十三香小龙虾卖。东北人经常食用小龙虾，据说有滋补作用。当我剥了虾壳正准备往嘴里放，就看到身边两个典型的东北大叔，身上穿着夹克，正在大啃泡椒凤爪呢。

“真的吗？坐山手线就可以来一场中国游？”电话那头蠢蠢欲动地跟我说话的是我的吃货伙伴Y田君。不过要吃中国菜的话，还是先得凑齐四到五个人比较好。几天之后消息传来：“我已经找齐了四个人，而且其中有一位体重100千克的巨汉，他一个人可以当两个人算，所以事实上我找了五个人。”

夜晚7点，晚风轻拂，我们一行在池袋车站北口集合，前往沿铁路线走三分钟就到的“大宝”，这是一家由沈阳人经营的家庭式饭店，很受东北客人的欢迎。坐下后，大家端起啤酒开始看菜单，头碰头地展开了讨论。

“感觉有点被镇住了。”

“这么多没吃过的菜看得我眼花缭乱。”

我因为之前已经来过几次，便摆出一副骄傲的样子煽动大家说：“胆小的人吃不到好东西哦。”考虑到中国东北的大部分地区都属于内陆，所以我们没点海鲜。饺子和炒饭是必须点的，再叫些有地方特色的菜。还有大家平时常吃的蔬菜类也很容易上口……大家对着菜单上的照片一通挑选，凭借自己的想象选了以下几样凉菜：

拌鸡胗	480 日元
凉拌土豆丝	580 日元
手撕菜	680 日元
东北大拉皮	1280 日元
酱牛肉	780 日元

真不错。到底是一帮吃货，一心只想着美食，便点了这些东西。入乡随俗，要完成美食攻略就得先尝尝东北特色菜。

不一会儿五个盘子就端上来了。切成细丝的炸土豆就着分量足足的大蒜；拍碎的脆黄瓜和鸡胗；用大酱拌卷心菜、青椒、胡萝卜、小尖椒，爽口中带一丝辣味，逼得大家大口大口喝啤酒。

“这个好吃。”得到大家青睐的是东北大拉皮。即在粉皮里拌上胡萝卜丝、黄瓜丝，然后调上芝麻酱一起吃的一种东北风味凉菜。透明的粉皮是用绿豆制成的宽面，又滑又韧，吃口凉爽，任谁吃上一口都会喜欢。体重100千克的I田君，打算今年秋天结婚，他动筷子的速度可谓欢畅。“真爽口，好吃。口味质朴，吃得好舒服。”他一边慢吞吞地咂着嘴一边说。就在这时，坐在里边座位上的四个人中，一位女士突然踢翻了椅子大叫起来。我们几个日本人同时放下了筷子，僵在座位上。女士拼命地吼，有个男士正准备冲上去，却给同桌反剪了双手。不好，这下得报警了吧。我们几个紧张地注视着事态发展，没想到风波却很快平息了。原来他们只是在打情骂俏。据说东北人个性诚实、豪爽、勤劳、勇敢，果然吵过以后他们便相安无事了。我们身旁坐着一对中国情侣刚才也很吃惊地看着那伙人，这会儿也平静地吃起了锅包肉。

“我们真的好像是在中国旅行。”听Y田君兴奋地说，我突然也想给大家凑个乐子：“那，尝尝这个吧。”

“炸蚕蛹980日元。稍，稍等一下。这个汉字我们还是认得的哟。”

回答得太好了。我确实是点了油炸的蚕蛹。这也是东北特产，去旅行的话一定得带些回来。所有人都紧张地盯着端上来的这盘蚕蛹，忍不住咽了一口唾沫。我且认为这表达了大家与噩梦对决的恐怖情绪。

每个蚕蛹都有大拇指这么粗，肥肥胖胖，带着花斑，又黑又亮。

话说到这，我觉察到Y田君已经做好了舍生取义的准备，他这个人只要是为了工作便能奋不顾身。而I田君自然不能置前辈一人而不顾，也重新举起了筷子。

Y田：“咦？这蚕蛹外面脆脆的，很香，嚼上去有点苦。有点像在吃零食，还不错哦。”他喝了一口绍兴酒。

I田：“嗯，就是一口酥一口脆嘛。感觉蛮有营养的。”他喝了一口啤酒。

Y田：“不过，I田。我这个绍兴酒好像不应该要。绍兴酒喝下去，嘴里满是回甘，再吃蚕蛹就有点……一会儿等蚕蛹凉了可能够呛。”

真不好意思，我把整盘蚕蛹都推给了他们俩。一、二、三……自己眯着眼睛悄悄数了数，盘里一共有53个黑光闪闪的蚕蛹，现在剩了45个。我便不好再向这两位已逃往什锦面和担担面中去调换口味的勇士们发难了。相反的，我还应该表扬他们。从大宝出来后，我们又马上进了旁边一家中国居酒屋“东京中华街”，点了有辣味的羊肉串、水饺、凉拌笋和煮花生，全都吃个精光。而叫的啤酒和绍兴酒也都瞬间见底，看来我们都太想“借酒浇愁”了。

接下来让我们来认识一下出产这些美味的土地吧。

位于中国东北部的黑龙江省、吉林省和辽宁省，三省人口占中国全国人口的8%，约一亿两千万人。东北三省是中国的重工业地区，集中了许多担负中国经济发展命脉的国有企业，同时拥有完备的文化教育设施和科研机关，教育水准也相当高。此外，东北三省受相邻的俄罗斯和朝鲜两国文化影响，是一个多元的文化地域，站在东北三省的大地上就能感受到它独特的风情。除汉族以外，东北三省还居住着许许多多的满、蒙、回族和朝鲜族居民。

“哦，原来是这样啊。难怪这店的名字……”正子和三奈听了我的介绍一脸的信服。周末我带着她俩去了池袋车站北口“和平街”的一家饭店，店面用中文写着“阿里郎”三个字。店里的菜单上不但有东北菜、四川菜还赫然写着韩国泡菜、海鲜饼、味噌锅和土豆排骨汤等朝鲜风味的食品。

在池袋有许多经营延边料理的朝鲜族饭店。除了“阿里郎”以外，还有车站附近的“金王府”，店里供应狗肉。“乐乐屋”里不但有花生大豆和豆芽拌的杂菜，还有泡菜，大家可以就着生蒜吃烤肉串。以前他们在走廊里用炭炉烤肉串，烟味太大，现在都改在室内用炭火桌烤了。一串卖 100 日元。热气腾腾的羊肉串被孜然、花椒和辣椒的香味包裹着，配上一杯冰啤酒，简直太爽了。中国人吃完饭后一般会去三楼的中国卡拉 OK“富丽华”唱歌，唱一个通宵。

大声说话，大口吃饭，沉醉在这种欢快的气氛里，置身于这样一种无造作的氛围之中，身心也会无比愉快。大家不用过分强调自己身在日本，也不用设置世俗的樊篱，无需瞻前顾后，就让自己投身在和同胞相处的率真中，这就是中国人的生活习惯。而我们认识到了这一点，即使和店里的人语言不通，也可以通过手势表情来交流。如果光抱怨服务差，口味不同之类的话反而只会让自己不开心。任由自己托身在眼前的环境中，享受异国文化带来的快乐，才是旅行的真正意义。

这几年随着在日本的中国人越来越多，有人提出了在池袋车站西口至北口一带建设中华街的设想。这主要是因为池袋附近有五十家中国人经营的商店组织起了“东京中华街促进会”。然而，这个提议并没有得到当地商店街的响应，给实施带来了许多困难。促进会的成员悄悄向我透露了其中的一些内幕：“主要是中国人之间没有达成一致，大家各自为政，只考虑自己的利益，所以事情进展得不顺利，可能大家还需要一段比较长的磨合期吧。”从二十世纪九十年代开始经营中国食品和录像带生意的“阳光城”老板顾梓芹苦笑着说。

“有些周刊和报纸很滑稽地写文章说我们和当地的商店街摩擦不断。这是无稽之谈。我们也想改善中国人在大家心目中的形象，所以我们首先打算从遵守垃圾处理规定和清扫各自街区等方面着手。”

消除对立，谋求共生。共同发展，相互理解。这些都是在与异国文化接触时反复被提出的永恒主题。由此，我想到上次勇敢品尝黑亮蚕蛹的Y田君和I田君两位青年，心中再次升起对他俩的敬意。

“话虽如此，我倒还听说了另外一件事。”

Y田君说，作家杨逸特别喜欢去“大宝”。上次她获芥川文学奖时，邀请哈尔滨的父母一起出席颁奖仪式，事后她在“大宝”宴请父母和亲友总共11人。

“那我们也请她一起去大宝吧？”Y田想得真周到，到底是有蚕蛹护体。第二天，我接到Y田君的电话：“杨女士答应了。我还在电话里跟她吹嘘了上次吃炸蚕蛹的事，结果她回答说：‘啊，你敢吃蚕蛹？我父亲倒是很喜欢，我可吃不了。’太叫我失望了。”

到了第二个星期，滂沱大雨中我们在“大宝”见到了笑容可掬的杨女士。加上Y田君，这次到场的一共是五个人。

“真的可以只点我常吃的菜吗？”

“嗯，就点您‘常吃’的。”

杨逸女士叫来了服务员，用汉语驾轻就熟地点了菜。

猪皮冻	380 日元
东北大拉皮	1280 日元
炒空心菜	1280 日元
红扒全肘	1480 日元
锅包肉	980 日元
葱油饼	310 日元
馅饼	310 日元

我们先要了几杯啤酒，又要了绍兴酒。杨女士说她能吃却不胜酒力，只点了一杯荔枝味的烧酒加苏打水。

“这个猪皮冻，我是每次必点的。尤其夏天吃，很凉爽。”只见一个透明的水晶方块中夹着半透明的猪皮，十分养眼。猪皮脆脆的，旁边的水晶块 QQ 的，口感非常棒。不一会儿 Y 田君喜欢的东北大拉皮也上来了。

“还是这道菜最赞。”我在北京第一次品尝大拉皮时，就喜欢上了这道菜，之后逢吃必点。没想到杨女士也喜欢这一口：“小时候家里吃的粉皮都是母亲自己做，自己切的。现在这种现做的拉皮已经买不到了，都是用干粉皮泡发的。”

下一道菜是杨女士最喜欢的红扒全肘。对中国人来说，吃肉指的就是吃猪肉。而带皮的猪肉则是最高档的。我们将筷子插进猪后腿煮得最软的部分，肉一下子就从骨头上分离了出来。连皮带肉夹起来放进嘴里，肉和皮立刻就溶化了。

“啊，好想念哈尔滨啊。我还是喜欢吃这种带皮的猪肉，每次回家都会打电话让母亲事先给我做一盘。”

杨逸女士 1987 年来日本边打工边学习，为了赚够生活费，她每天傍晚 5 点到第二天早上 8 点都在工厂打工，就这样每天 15 个小时地工作了两年。她晚上一般都吃外卖的便当，早上则在工厂老板家和大家一起吃日式早餐。她说刚开始最喝不惯的是日本的味噌汤。

“连着喝了两个月才觉得不难喝了。现在我们家吃饭，既像日料又像中餐，都是最简单易做的那种。”杨女士说她不谙烹饪，简单的就是最好的。不过，一到池袋来，她就会想吃各式各样的美食。像这种热乎乎的葱油饼，拿手掰着吃。“自家做葱油饼还蛮有难度的。”葱油饼是在面粉里卷进葱花和盐后烤得喷香的一种烧饼。杨女士说它既是家里常吃的又是路边摊上常见的。池袋就有很多这样的家乡小吃，叫人没事就会想来逛一逛。杨女士的这种乡愁，应该也是常来池袋的老乡们共同的乡愁。

从“大宝”出来后，我们走进“和平街”。许多悬挂“北方料理”“中国居酒屋”“延边料理”招牌的饭店混在便利店、药店和水果店之中。到处都是红色和黄色、金色书写的招牌，十分显眼。其中有一家十一年以前就已经开张的人气店，名叫“永利”。

“永利”的老板叫末永永利，中国东北人，由于忘不掉幼时自家饭菜的滋味，他开店时就打算做一些心目中的家乡菜。如今每到周末店里满是预约的客人，回想起刚开店那会儿的情景简直就像是在做梦。从饭店开张起就一直担任店中服务部主任的余小平说，每当他回想起饭店刚起步那几年的情景就会很伤感。

“那时候一个客人也没有，但是我们一直坚持做自己的风味。到了第二年、第三年才有一些中国人上门，然后他们带朋友来吃，这样生意才慢慢好起来的。”

如今“永利”已有了六个东北籍的厨师，四个服务员。即使如此到了周末大家还是忙得不可开交。围坐在圆桌前的客人中不仅有带孩子的中国家庭，还有日本情侣，男女老少济济一堂。而每张桌子上都有一盘东北酱骨头，大家埋头啃着骨头边上的酱肉。杨女士也说：“这骨头边上的肉最好吃。”

中国人对味道的要求其实很奢侈，跟我们追求的完全不同。与其说要食物卖相好，不如说更注重实际的味道。因为懂得什么才是真正的好味道所以对吃本身就更为讲究，也更贪心。此外，要想让中国菜的味道发挥得更极致还必须懂得点菜的窍门。据说有经验的人会通过解读每道菜的食材、烹调方法、刀功和调味，在心里构想出每道菜的搭配，再将它们排列组合出来。因为在中国请客的一方必须自己决定宴会上的菜式。来“永利”吃饭的日本人很多，而他们点菜的方法都和中国人不同。

“日本人一般都先点点心，什么小笼包、饺子、春卷啦。点的菜式也基本相同，比如炒豆苗、干烧虾仁、麻婆豆腐、青椒肉丝、咕老肉，最后再来一盘炒饭。其实这些菜别的饭店也都有，特意跑到我们店来点，感觉不太合理。如果大家再有点挑战精神就好了。”

同是中国人，南方和北方的口味也不尽相同。

“比如向南方人推荐东北特色凉菜粉皮，他们就不爱吃，我们也很为难。”听店里人这么说，我又一次感到中国人在点菜上的讲究。

“两个女孩来吃午餐的话，可以点个番茄牛腩锅，再加两碗饭，一共1050日元，经济实惠又好吃。”原来如此，这方法不错。中国人做生意很懂得照顾客人的需求。

一个月光如水的秋夜，这次和我一起聚集到“永利”来的是Y田、I田两位青年，以及他们的同事Y小姐，还有一个上海人小王，一共五位。

Y田说：“我们又来参加山手线上的中国之旅啦。”

I田说：“今天最好不要再让我吃那个黑乎乎的东西了。”

Y小姐说：“Y田告诉我，我只要老老实实坐着就会有好东西吃，所以就跟来了。”

唔。

小王说："我第一次吃东北菜，就是朋友带我来池袋吃的。我现在已经吃上瘾了。"

我可不能败给他们。鄙人在池袋附近吃吃喝喝也已经有四个年头了，早就准备着要为大家好好点一桌菜。

东北大拉皮　1260 日元

东北酱骨头　890 日元

尖椒土豆丝　1410 日元

东坡肉　1150 日元

干煸豆角　1050 日元

地三鲜　890 日元

花卷　210 日元

金香玉米烙　780 日元

我们喝着冰啤酒，突然想起还应该点个椒盐大虾。中国人很喜欢吃这种炸大虾，花椒和盐巴的味道尤其适合给啤酒当下酒菜。"永利"现在已经有三百种菜肴了，可他们每年还会增加三次新菜单，因此每次来我都有挑战新口味的冲动。沈阳出生的主厨石川楷是这样描述东北菜的："原汁原味。也就是烹调出食材本身的味道。"

东北菜口味质朴，吃多少次都不会厌。像大家都喜欢的大拉皮，我们今天又点了一次，我还想让大家领略一下东北家常口味的地三鲜，另外煎得香香的玉米烙在别家吃不到。这么多的菜肴，真是让人来多少次都吃不全啊。千头万绪之中我们决定选以上这几道。

好嘞，中国之旅车票现已到手，大家一同出发吧。

我们啃着酱骨头，嚼着炸大虾，又将涂了甜面酱的土豆丝包进面饼里塞进口中，有时又拿辣辣的干煸豆角来换换口味，用餐刀将煮得烂烂的东坡肉切开分好。缓过神来，才发觉我们一个个都已经沉浸在一片静谧的幸福之中了。

Y小姐说："我刚才想找一个词来代替好吃二字，哎，真找不到啊。"

再看Y田和I田两位青年，他们俩的嘴也全用在吃上了，埋着头只顾一个劲地吃面前的菜。不一会儿桌上的啤酒杯、黄酒杯统统见了底。

面色微红的小王这时放下了筷子，在纸上写了几个字："酒逢知己千杯少。"一句中国俗语，意思就是和好友共饮，喝一千杯都不够。听小王这么解释，在座各位都兴奋起来。嘴里一边说开心，一边说好吃，还不住地碰杯。我们在吃喝的同时环顾了一下店内，只见人人兴高采烈、酒酣饭香。难道我们真的身在东北？难道我们坐上了宇宙飞船？不经意间大家都脱离了现实，仿佛真的看见了未来世界里的一幕。

太好吃了。我们摸着圆滚滚的肚子，略带醉意地向"和平街"走去。池袋车站北口的喧嚣、纷杂和霓虹灯构筑起了一个不夜城，我们就像走在中国的某条街上，犹豫着该不该过马路。

记得青江三奈在《池袋之夜》第二段中唱道："池袋的

夜啊，不会说再见。”

池袋真令人流连忘返，不过，我想我们不久以后还会再来的。在这条街上还有太多想品尝的美味，令人喜悦和惊异的美味，我们都还未全部尝到。

开动，员工食堂

六月　雨天

肚子咕咕叫了。此刻我正在纪尾井町《文艺春秋》编辑部总部，连着开了两个碰头会。时值正午，肚子里的馋虫开始折腾起来，于是我冒出了一个念头："好想到员工食堂去吃个午饭啊。"众人闻言立刻面面相觑，几秒钟的静默之后，有人开始劝阻我："这事还是算了吧。""公司附近好吃的饭店多着呢。"然而，人往往越挫越勇，我更坚持要在编辑部的食堂解决今天的午饭了。

众人老大不情愿地将我带到了办公楼地下一层的员工食堂，食堂里空荡荡的，没几个人。

"嗯，今天的午饭是……"已经在出版社工作了十三年的Ｉ小姐神情紧张地跑到陈列着午饭样品的橱柜前看了看。

A 套餐　煎鸡肉配灰树花

B 套餐　辣味炸黑鲷鱼

C 套餐　杂色天妇罗盖浇饭

看上去午饭菜色并不差，据说这里每人每天还有 150 日元的午餐补贴。也就是说一套午餐只要 480 日元，那大家还有啥不满意的呢？我伸手接过 B 套餐，心中不免疑惑，问了同桌的五位，得到的答案是他们当中有两位每月会来食堂吃上一两次，有两位已经很多年没有吃过食堂里的饭了，只有一位每天都会来食堂进餐。看来除了在总务部工作的男士每天来食堂吃午饭以外，另外四个下班时间不规律的一男三女，再加上我都已很久没有涉足过员工食堂了，这让我心里不禁有点小小的激动。

看一下今天中午的 B 套餐都有些啥？一小块黑鲷鱼裹着面粉炸好后，再浇上用洋葱、胡萝卜和竹笋一起煮出来的浓稠沙司。鲷鱼的味道很一般，套餐小碗里的土豆炖肉也有点过火，不过定价才 480 日元也算勉强凑合。我留心了一下食堂的环境，看到师傅们都只在大厨房里热菜和盛饭，即采用的是中央厨房的经营形式——将成品的食物加热后端出来出售。

编辑部食堂现在的经营形式是从昭和六十二年，公司新办公楼落成，办公楼部分租赁给其他公司以后开始的。由于之前食堂工作人员的成本过高，不得不关张歇业，而将食堂的经营权外包给了其他饮食公司。

大家默不作声地吃着饭，不知谁冒出了这么一句："以前食堂的饭还蛮好吃的。"

据说池岛信平任编辑部社长期间，经常在腰间别一条毛巾，亲自到食堂来下厨房。池岛社长患病时，特别想吃食堂做的拉面，曾两次请厨师长专门给他做。听说扇谷正造也称赞过编辑部食堂的拉面好吃，甚至特意带爱女前来品尝呢。此外，当年食堂做的肉丁盖浇饭也十分受欢迎。

当时，也就是昭和四十一年到昭和六十二年，在编辑部食堂当厨师长的是河野昭，他也是《文艺春秋》编辑部的老人。那天正巧河野师傅也在编辑部，我向他打听了才知道，当时他做拉面用的是猪骨和鸡架熬的汤。他每天一早就开始熬，拉面里的浇头是他自制的叉烧、咸笋和菠菜。至于做肉丁盖浇饭用的沙司一般一个星期前就开始准备，需把牛肉切得薄薄的，和洋葱一起炒，最后调入酱料。我听完忍不住直吞口水，嘴里却还在吃 B 套餐。

当年的午饭套餐一般是：

8 月 12 日　炸鸡排、拌卷心菜、黄油土豆；散寿司、酱烤豆腐串、西瓜

8 月 15 日　苏格兰鸡蛋、糖酱、通心粉、蔬菜色拉；酒糟鲱鱼、芝麻拌刀豆、萝卜炖肉

怎么样？脑海里是不是会浮现那些冒着热气的富有创意的美味啊？

"真想尝一尝啊。"大家全都开始缅怀自家食堂曾经有

过的美味了。

“对了，平松女士你觉得今天午饭的味道如何？”我心不在焉地喝着茶，被I小姐这么一问，倒让我语塞：“我刚才吃什么了？”不过是用来果腹而已，十五分钟前才吃过的东西，现在我就已经记不起来了。尽管我鼓足勇气踏进了员工食堂的大门，却对形势认识不足。这世间事也并非件件称心如意啊。

七月　酷暑

我在纪尾井町意外踩了一颗地雷，就一心想着报仇雪恨，这次我准备去位于驹入的女子营养大学的员工食堂吃饭。女子营养大学是营养学的大本营，由香川升三和香川绫创立，着重研究社会与家庭中的食品营养学。女子营养大学的食堂不仅为员工、学生服务，外来人员也可以以同样价格在此用餐。

12点10分，刚下课的年轻学生就聚集到食堂里来了，当中还有不少学校员工。套餐分A、B两种，定价都是420日元。米饭一份80日元，汤一碗50日元，还有小菜每碟100日元。今天的菜单如下：

A套餐　芝麻味噌烧肉、香油五色蔬菜（共651千卡　盐3.2克　脂肪22.3克　蛋白质24.9克）

B套餐　炸鳕鱼蔬菜勾芡、辣子拌青菜（共602千卡　盐3.3克　脂肪13.1克　蛋白质26.4克）

小菜分三种：土豆炖肉、奶油南瓜、凉拌茄子。另有糙米饭和卷心菜菌菇味噌汤。

食堂的小黑板上不仅写明每盘菜所含的热量和盐分，还详细介绍了香川绫提出的四群营养均衡表，学生们很热心地在逐一对照。原来吃午饭也是一次学习。我赶紧买了餐券尝了尝这里食堂的饭菜。

饭菜的味道很清淡，分量够八分饱，吃完后我感觉肚子很轻松。确实都是些发挥食材原味的家常菜。几乎天天都来这里用餐的学校女职员也同意我的看法："这里的菜味道清淡所以叫人百吃不厌。到外面饭店里吃饭，表面上看很奢华，但是饭菜口味太重，吃完了容易口渴。学生刚入学的时候可能会觉得食堂的饭菜吃不饱，不过到暑假之前他们就都能适应了。"

在学校食堂里的新发现之一：清淡的口味百吃不厌。

营养管理师田中美和子负责学校厨房工作已经四个年头了，她身上的担子非常重。"每天的压力都很大。中午要做 250 份饭，晚上大约 30 份。我一直强调要把饭菜的口味做清淡，因为这里是学校嘛，得给学生们做榜样。选材也很重要，比如 A 套的主菜是西式的话，B 套就要选日料。另外还要用小菜来弥补营养上的不足。总之我们每天都像在玩很复杂的拼图游戏。"

即使无甚盈利营养大学也不把饭菜外包给其他单位，只是在均衡校内员工的膳食上下功夫，所以学校附近的许多居民也常常会来这里就餐。

“有个 90 多岁的爷爷，每次都坐着轮椅来吃晚饭。他孙子事先把每周的食谱带回去，说老人在家盼着要看。”

还有一些白天上班的夜大学学生，晚饭时会跑到食堂来买一份米饭两个小菜，再加一份味噌汤，总共 330 日元。他们三口两口吃完就往教室里跑，说是吃了这里的饭就仿佛尝到母亲亲手做的饭菜一样，心中充满感激。

七月　今天相当热

横河电机公司每天仅一个半小时的午休时间就有 1200 人来食堂用餐。公司提出的口号是“饿肚皮，不战斗”，这句话也同样激励着我。

横河电机是一所开发制造有关航空事业所需机械、测量仪器和控制设备的大型企业。听完介绍我仍然没搞明白，这家公司到底是做什么的。只知道他们每天都在干高端的工作。公司的高科技人才都集中在三鹰总部和工厂里。说到这里，必须指出横河电机公司广报部的石川康子小姐的说明非常通俗易懂：“整个集团约有员工两万人，光是这里就有 4000 人左右。公司有两个食堂，午饭时这个食堂大约接待 1200 人用餐，那个食堂大约接待 1300 人。来食堂买便当的大约有 900 人，买面包的有 100 人，另外的 500 名员工一般去外面吃或者自己带饭。”

总务科的山内明伸先生接着说道：“总之，我们努力

为员工创造一个好的工作环境。我们每天都在考虑如何保证员工的伙食，如何改善、提高，这些都是公司在思考的问题。”

横河电机曾在某经济杂志选出的“日本劳动条件优越的企业”排行榜上名列第三，确实是有根据的。上午 11 点 50 分我探头探脑地推开了横河电机两个食堂中的一个——“小市场”的大门，不由得大吃一惊。这里原本是车间，现在整层大楼都挤满了人。人群的那头有一个色拉吧，放着四种每日更换品种的套餐，小菜、关东煮、盖浇饭、咖喱饭、刚出炉的面包、饭团、乌冬、荞麦面，以及意大利面条。整个食堂就像一个食品乐园。不过这里处处秩序井然，公司按照员工的午休时间将就餐时间分为早、晚两组，厨房里的员工人数也很充足。并且整个食堂布局合理，方便

员工按点菜、进餐的顺序有条不紊地用餐。食堂里 1200 人的用餐者排列有序。

因为今天恰逢七夕，食堂推出了七夕特别套餐——“炸蔬菜套餐”，每份定价 380 日元。搭配的靓汤里可以看见由蜿蜒的素面做成的银河，以及由秋葵做成的繁星。

“我们食堂很重视季节感和节气。比如公司橄榄球队升级时，就推出了 200 份橄榄球汉堡，上面浇着酱汁，撒着干酪，每份只卖 550 日元。一天之内全部售罄。”

横河公司食堂从企划到运营，都由服务部的竹内明子单独负责，通过她与总务科联手打造。他们不把食堂外包给在每隔几年举办一次的竞赛中取胜的其他大餐饮企业，而是专心听取职工意见，建立有自己特色的员工食堂。我步入横河公司的食堂，在眼花缭乱的食物中挑了半天，才定下了今天的午餐。

粉丝煮鸡肉丸、凉拌黄麻，煮羊栖菜和一个油豆腐寿司包，外加一小份杂粮米饭，结果一贪心，这顿午饭用了515日元。

总务科的山内先生点了面条加溏心鸡蛋、叉烧、咸笋和葱花，另加一个油豆腐寿司包和一个饭团，总共470日元。广报部的石川小姐点了刚出炉的奶油焗饭、色拉和焦糖布丁，一共610日元。

横河公司食堂的午饭有近80个品种，味道好，令人食欲大开。而且他们时常变换新鲜菜式，供1200名职工享用，真是大手笔。另外午餐定价便宜，就算吃一个月食堂也不过人均8000日元左右。听说这里的员工持续在公司工作的年限为人均19.4年，我问他们这时间是不是太长了，却没有听到任何员工抱怨。员工食堂的待遇这么好，谁愿意轻易离开公司啊。

在公司食堂里的新发现之二："下午也要好好工作。"公司食堂存在的意义就在于保障员工们的工作热情。

七月　热傻了的一天

"哇，好紧张啊。"在《文艺春秋》编辑部工作了20个年头的Y田君，紧张得面部肌肉都有些痉挛，毕竟我们这次是到位于矢来町的新潮社编辑部来了嘛。

"我还是头一次来新潮社呢。而且一来就要进人家的食堂。”听Y田这么说，我倒内疚起来，都是我出的主意啊。不过他应该也很想尝尝别人家的员工食堂，到别人的食堂里去做一份知己知彼的研究报告。

“光缅怀纪尾井町公司老食堂的味道是没有前途的。”我们唠唠叨叨地走进了位于新潮社总部地下一层的食堂，准备先发制人。只见迎面墙上贴着一幅巨大的海报，上面写着“别老觉得自己胖”。据说这本书当月发行了40万册。当海报上那位作者炫耀自己宽大裤身的雄姿映入眼帘，Y田君的脸又抽筋了。这海报是用来鞭策公司所有同仁的吗？不管了，我们只要能在这吃一顿就满足了。

今天是星期五，食堂的菜单上写着“烤三文鱼套餐”。在此顺便介绍一下本周食堂的所有菜单：周一，烤肉盖浇饭；周二，金枪鱼咖喱饭或野菜萝卜泥荞麦面；周三，蟹肉炒饭；周四，煮汉堡。新潮社食堂的菜单上每天都只有一个菜，颇有一菜定乾坤的意思。价格均为200日元，此外公司每人再补贴175日元。

哇，看到这个价格站在我身边的Y田君也瞪大了眼睛。这200日元的套餐性价比如何呢？只见餐盘里摆着烤三文鱼、玉子烧、煮萝卜干丝、煮南瓜、炸鱼糕，还有一个裙带菜和豆腐做的味噌汤。然后是米饭和酱菜。总体来说套餐味道偏咸，却能感受到做菜人的诚意。

过了12点，食堂里几乎座无虚席，再看开放式的厨房里面正忙得不可开交。带领着两位男厨师的掌勺主厨青木

每天要准备260份套餐，
食堂的味道全体现在味噌汤上了。
好了，
大份请拿好。
味噌汤
萝卜
南瓜
玉子烧
鱼糕
三文鱼
烤三文鱼套餐 200 日元

繁幸，今年 41 岁，之前在中国会馆的中餐部供职，转来这边也有七个年头了。

“我们一概不使用冷冻的或者现成的食品，也不用化学调料。味噌汤的汤汁都是从木鱼花、小鱼干和海带中萃取出来的。你看我们的厨房是开放式的，员工们常会直接跑来跟我们讲今天的菜好吃、今天菜咸了点之类的话。他们的意见都是对我们的鼓励。在这干活的感受跟在大饭店里完全不同。”

食堂每天要准备 260 份套餐。如果是大饭店，就只要保证每盘菜都可口。而员工食堂通常是短时间里客人蜂拥而至，所以饭菜量都必须充足。青木师傅会定期品尝饭菜的口味，特意先将汤汁做得很淡，然后再一点点加重。

在员工食堂的新发现之三：员工食堂的味道全体现在味噌汤上。味噌汤既是各家母亲的味道，也是员工食堂的关键词。

“如果一下子做太多的话，味道就会偏，所以我们每天都得研究。光是每天为大家准备午饭责任也很大的。”

如今食堂最大的难题就是每到月末，食谱就会略显寒酸。听说过去有人提过意见说：“光一个炒饭太单调了”“为什么虾仁焗通心粉还要配米饭和梅干？”对 200 日元一份的午饭还这么挑剔。

“客人过于聪明也挺叫人头疼的。不过，他们能坦率地向我们提出意见，我们也很高兴。”

新潮社员工食堂真的有一种叫人宾至如归的感觉。即使吃完饭，大家也不马上起身，而是喝杯咖啡抽根烟，轻轻松松地说话聊天。待在这里感觉很惬意。

咦，我回头看了一眼身边的Y田君，他怎么一言不发？什么情况？感觉他有些无精打采。

“嗯，窝心啊（伤心的眼泪）。”

七月　热到无语的一天

在员工食堂里的新发现之四：员工食堂的一盘菜就是反映公司面貌的一面镜子。

有的企业对员工食堂的定位不仅限于满足员工的餐饮需要，更将其作为一个为社会做贡献的窗口。比如说化妆品公司POLA。

为了同时解决先进国家的肥胖问题、生活习惯引起的疾病，和发展中国家的饥饿问题，日本掀起了一场名为“TABLE FOR TWO（简称TFT）”的运动。这个运动的主要内容是，每个人在食用富含蔬菜的低卡（约730千卡）食物时，就自动为运动捐献了每餐20日元的资金。这20日元相当于发展中国家学校午饭一餐的费用。POLA公司食堂自去年起每周五推出TFT食谱，现已向员工提供了15909份午餐，即向运动捐献了318180日元。

本周食堂的TFT食谱为：十种食材制成的鱼干菜饭、烤三文鱼和鱼丸汤套餐。共计热量为753千卡，每份定价

290 日元。鱼干菜饭选用的十种食材分别是麦片、大豆、胡萝卜、油豆腐、毛豆、羊栖菜、香菇、萝卜缨、小鱼干和白芝麻。先不说这饭有利健康，光想想要凑齐这么多种食材以及成本，就已经非常奢侈了。此外，食堂里还弥漫着鱼丸汤的香味。我每每闻到鱼丸和蔬菜熬制出来的香气，就全身松快，幸福之感油然而生。

掌管着 TFT 食谱和食堂诸多事务的是中央绿色工房的营养师野仲麻美女士。由她和人事部共同决定每次的食谱。

“即使再健康，再能为社会做贡献，如果菜式本身不好吃，我的提议也不会被通过的。所以每到周五我就会为安排食谱而烦恼，自从开启 TFT 项目之后，最大的问题就是如何实现菜式的低卡和丰富蔬菜的品种。”公司中有不少挑剔的女职员，目前她们喜欢的是海藻山药泥、加入枸杞和白芝麻的美容拉面，以及使用了多种蔬菜制成的韩式泡饭。为了能让更多的人在周五选择 TFT 食谱，野仲女士一如既往地孤军奋战着。

“这位是我们公司的社长。”穿着漂亮的粉红衬衫的铃木社长也每天到食堂就餐。社长，今天的 TFT 食谱看着不起眼，但越嚼越有味哦，热腾腾的鱼丸汤也相当不错。我正要向社长推荐今天的食谱，社长已经走到拉面柜台去了：“我喜欢吃面。”不过，社长您周五还是要大大支持一下 TFT 嘛。本周五食堂共卖出 145 份 TFT 食品，捐款达 2900 日元。

七月　热得难受的一天

在“蟹船工”的大本营，我看见火苗升起来了。

因为太出乎意料，看到红色的火苗时我竟看呆了。这里的厨房太热火朝天了。

位于代代木日本共产党党部的员工食堂在本部大楼的四楼，中午刚过，这里的150个座位就几乎全坐满了。我排队等着买饭，发现厨房里特大的中餐炒锅上竟冒起了红色的火焰，正在用旺火炒菜的是一个女厨师。做的人干劲十足，吃的人也就跟着来了劲头。

这里每天中午平均供应350份午餐，有两种定价为420日元的套餐可供挑选。今天的套餐是三文鱼焗饭和炒蔬菜。

“我是故意这样混搭的。比如今天吃牛排，明天就换沙丁鱼和萝卜干，或者蒜香牛蛙。因为午饭天天都吃，所以我故意做些大家猜不出的东西，故意给大家制造惊喜，这样大家的谈资也会变得很有趣，不是吗？不过，做沙丁鱼那天，还真让大家吃了个惊慌失措呢。（笑）”

即使是很普通的炒菜，如果能看见炒菜的旺火，吃饭的人也会食欲大增。当然旺火炒出来的菜更加爽脆。包括做味噌汤，这里的厨师也会今天用大麦味噌明天换赤色味噌，今天用木鱼花或者鱼干熬汤汁，明天用烤飞鱼来熬。这些翻花样的事都是食堂副主任高冢育夫想出来的鬼主意。

“嗯，如果饭菜做得好，食堂里到处欢声笑语，倘若做得不好，食堂里就鸦雀无声。大家的反应相当直接，可以提醒我们要做得更好。”

在员工食堂里的新发现之五：食堂的基本原则是热闹。

为了能向大家提供现做的食物，这里的员工食堂共有15名职工，包括洗碗工。不过这样充实的厨房阵容可不是一朝一夕建成的。

“1960年安保运动时，党部宣布今后将会有大的政治活动，为了保证党部工作人员的伙食，就由员工夫人自发为大家做饭，此后才有了这个食堂。”

与我一起边吃套餐边介绍食堂工作的是日本共产党中央委员会委员、财务业务局次长、厚生部长林通文先生：“已故的宫本议长总是非常关心食堂的工作人员，他说厨房工作经常需要用水，大家工作很辛苦，就建议买一些电器产品。我们采购了一批电饭煲和洗碗机，大大节省了人力和时间，提高了劳动效率，才有了现在的规模。”

虽然是员工食堂但也不能亏本，当然利用食堂营利却也不在经营范畴之中，在这里，大家都是平等的伙伴关系。听林先生这么说，我环顾了一下人声鼎沸的食堂，书记局长市田先生和志位委员长也并排坐着在吃炒蔬菜呢。顺便说一句，我曾向自由民主党部提出采访员工食堂的申请，却被断然拒绝了。理由是：“不能接受有有失公允之嫌的、且毫无前例的采访。”

三文鱼焗饭 420 日元

八月　很热的一天

正午前的几分钟，印刷局里巨大的轮转印刷机发出隆隆的声响，《琉球新报》的晚报已经统统印出来了。只见整面大标题上油色鲜明地印着这么几个字：“内阁改组，麻生氏当选自民党干事长。”

就在此时，同一幢大楼里的员工食堂“落基”也忙得不亦乐乎。

“我们终于跑到冲绳来啦。”Y田君远远地看着这一切说。实在抱歉，还记得他在矢来町流下的悔恨之泪未干，今天又被我带到了这里。没办法，谁让我偶然听到了《琉球新报》员工食堂味道不错的传言呢。来吧，赶紧吃，趁热。

开动。

Y田君点了夏季限定的炒苦瓜套餐，我点的是味噌汤套餐，两份定价都是450日元。苦瓜是冲绳常见的夏季蔬菜，料很足的味噌汤和米饭组合也很有冲绳特色。无论是味道还是饭菜的分量都与在早年老食堂里吃过的一个样。汤的口味虽然很清淡，但是很鲜，很下饭。另外今天供应的还有章鱼米饭套餐、炒豆腐、炒麸皮、冲绳荞麦面和猪肉炒蛋套餐。食堂的饭菜每一种都充满了浓郁的地方特色，包括每天更换的套餐也是，昨天就有杂碎汤和小炒。

“冲绳很早以前就有大众食堂了，在哪儿都能吃到传统饭食。只是最近餐厅多了起来，具有地方特色的食物反而少了，所以总务科让我们在员工食堂里多提供一些具有冲绳特色的食谱。”落基的经营者名叫高宫城实英，他一年前来到《琉球新报》负责员工食堂的工作。在此之前，大家对这里的员工食堂怨声载道。民意调查上看见的都是“难吃”“冷饭冷菜”“品种太少”“成品过多”之类的词语，每天用餐的人数最多不过七八十个。总务科的庆田城健（现中部支社长）先生终于忍无可忍，提出了改革员工食堂的意见，选择由高宫城师傅来主持员工食堂的业务。现在每天有差不多250以上的员工来食堂用餐，营业额一下子就有了盈余。

食堂改革中的一个环节就是要求食堂在收到点单之后，一份一份地为客人现做。大家点完菜以后在厨房柜台前拿号，饭菜做好后厨房会报号请大家自己来取。另外厨房的用水也发生了变化，因为冲绳的自来水为硬水，所以煮饭

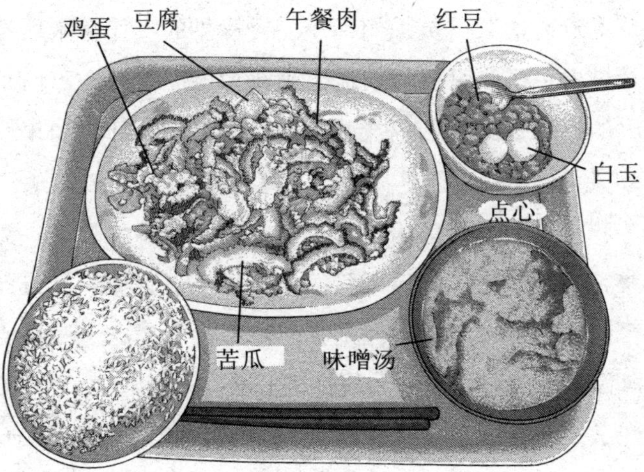

时改用专门定购的软水。米也只使用当年产的新米。同时为了不让员工生厌，每天必须保证菜单上有十个品种供大家选择。

“员工也是顾客嘛。凭我吃过多个员工食堂的经验来说，一次性大量制作的料理，很难保证口味的一致。所以即使有五个人同时来这里点菜，我们也会一份一份地分别做。而且作为经营者，我不会把制作权都放手给厨师，我自己也每天来这里品尝、试吃。把我认为好的食物供应给大家。”

松本央成师傅今年 29 岁，是一年前从大宾馆的厨房被选到这里来的，他平时喜欢钓鱼，肤色黝黑。

“我并不是把这当作员工食堂来做菜的，而是当作一般的大众食堂在做。有时傍晚会有客人来，我就给他做一些菜单上没有的菜。员工们都挺爱提意见的，什么米饭煮硬了，量太多了，只要他们提出来我们就立即整改。而且从每天的剩饭量里我们也能看出自己饭菜的好坏。如果今天剩饭多了，那就可能是味道出了问题。”

和风意面、什锦面、芝士蛋包饭、猪排咖喱饭，类似这些客人要求提供的饭菜我们也会尝试着去做。我自己也觉得这样做蛮有趣的。但是我们也不得不考虑一些现实问题。像最近食材和调味品的价格上涨，油从一桶1200日元涨到了4700日元。经过和总务科协商，我们不得已在6月份将午餐的价格上调了30到50日元。

在员工食堂里的新发现之六：员工食堂的味道由总务、厨房和员工三方共同决定。

眺望着大楼底下连接冲绳本岛的大动脉——国道58号线，吃着滚烫的味噌汤套餐中黏稠绵软的半熟鸡蛋和大块的豆腐让人着实感到自己正是《琉球新报》的一分子。哎呀，不知何时坐在身边的Y田君把冲绳荞麦面也吃光了。他摸着滚圆的肚子，昏昏欲睡。窗外一览无余的是冲绳夏天蔚蓝的天空。

心中常有蛋包饭

做玉子烧的时候，我心里总是很忐忑。

鸡蛋呢，我一般会用五个，做玉子烧的平底锅里正好装得下。每次我都会把玉子烧做得很大，然后分两次吃。往碗里敲鸡蛋的时候，我总是在敲完第三个以后就停顿一下，犹豫着：一个菜就用了五个鸡蛋，这好吗？会不会太奢侈了？不会太浪费吗？

我虽然不是战争年代出生的人，可一遇到有关鸡蛋的问题就会变得惴惴不安。生怕自己毫不吝惜地一下子挥霍掉五个鸡蛋，会让人有奢侈之感，心中不免内疚。

也许做玉子烧，鸡蛋的正确用量应该是每人一个吧。煎荷包蛋、煮鸡蛋、炒鸡蛋，一人用一个鸡蛋就足够了，这点我心里十分肯定。而做蛋包饭则需要两个鸡蛋，一个的话略显寒酸，蔫头蔫脑的蛋包饭看上去叫人沮丧。蛋包饭一定得做得蓬松，做得大气。

做蛋包饭的鸡蛋要金黄油亮，又松又软，这样看上去才有幸福感。人在无精打采的时候，倘若面前摆上一盘刚刚做好的蛋包饭，绝对会感动得掉泪。

这种蛋包饭在我心中总占有一席之地。

蛋包饭具有让人幸福的包容力、温柔心和好脾气。

“小时候每次过生日，妈妈都会给我做蛋包饭，那天我们可以在饭上浇很多番茄酱。”有个男人眯起眼，很陶醉地对我说。尽管他已年过半百，头发花白，说到母亲从前的味道仍满心眷念。我理解他，因为我小时候也和他一样。

小学时，有好几年我都请妈妈在生日时为我做蛋包饭。将一张平底锅大小的蛋皮煎好，再小心翼翼地盖在鸡肉饭上，包起来，整理好形状：“哇，做好了。”一份给我，一份给妹妹，两个人盘子里的这两份金黄，好有仪式感。接下来，妈妈会在蛋包饭上用鲜红的番茄酱画两朵大红花。这饭光看便已经醉了，必须有足够的勇气才敢举勺去舀。

对我来说，过生日不是吃散寿司的日子，也不会吃汉堡，就是吃蛋包饭。它让我沉浸在无与伦比的幸福中。如今这样美好的蛋包饭，马上就要送到我面前来了。

日本桥有一家“大名轩”。每当想起蛋包饭我就迫不及待地要坐地铁去一趟日本桥，然后气喘吁吁地跑出改札口，一口气跑到大名轩门前。

可大名轩门前总是排着长队，这也情有可原。谁让大名轩的蛋包饭是公认的美食呢。想到眼前这些人也都是为了蛋包饭而聚在一起，心里立刻有了志同道合的归属感。跟在我身边的Y田君，以及喜欢吃蛋包饭的同事Y小姐，这次我们三个结成了同盟。

“好久没吃蛋包饭了，还真有点小兴奋呢。”

“我从小就喜欢吃蛋包饭，说穿了就是喜欢吃鸡蛋。”Y田君用他的回忆帮我们度过了排队的无聊时光：他说他特别喜欢吃生鸡蛋拌饭。他爸每次一喝醉，就会说起在战争年代邻居分鸡蛋给他们吃的恩情。这家伙的话匣子一开就没个完，我随声附和了几句，队伍便排到我们这儿了。

中午1点20分，大名轩内座无虚席。等我们坐定才顺便朝店内看了一眼，果然不出所料——我们右边的两个大叔在吃蛋包饭。左边的一对情侣，女的在吃肉丁盖浇饭，男的在吃蛋包饭。我们对面坐着一个男客，也在吃蛋包饭，再往里的客人也是。午饭时间的大名轩活脱脱就是一场蛋包饭的盛宴。

当然啦，这家创立于昭和六年的西洋餐厅大名轩，他们制作的炸肉饼、牛肉可乐饼和煎猪肉也是值得品尝的。每次到这里吃饭我都能感受到他们经济实惠、品质至上的传统经营模式。听说他们现在仍在卖定价50日元的红菜汤和包菜丝。尽管店里也有客人在吃奶油蟹肉可乐饼和牛排，不过大多数人点的还是蛋包饭。

大名轩
蒲公英蛋包饭
哇！
好嫩！
将蛋液
盖在鸡肉饭上，
再淋上酱汁，
我开动了。
TAIMEIKEN RESTAURANT
喂，
你打算点哪个？
唔……
蛋包饭吧。

光一个蛋包饭，大名轩也做得颇有深意。让我们看一下菜单：

蛋包饭	1650日元
蛋包肉丁盖浇饭	1850日元
大虾蛋包饭	1850日元
蒜香牛肉蛋包饭	1850日元
伊丹十三风味蒲公英蛋包饭	1850日元
蒲公英蛋包饭	2550日元

仅蛋包饭就有六个品种。顶受欢迎的可以分成两类，即传统风味的蛋包饭和切开浇着番茄酱的蛋卷后就会变成黏稠状的蒲公英蛋包饭。

“好难选啊。”

“都挺想尝尝的。”

大家考虑来考虑去，最后还是贪欲占了上风。第一次来大名轩的Y田君点了蛋包饭，Y小姐点了牛肉蛋包饭，而我则点了蒲公英蛋包饭。三个人各点各的，显然是想互相分着品尝。

尽管如此，当我们眼瞅着邻座盘里的金黄色小山那么光彩夺目，以及插入蛋包饭中的勺子翻动得那么迅速，还是屏住了呼吸。虽然自己也觉得看人吃饭不礼貌，但一不留神又会把视线投向邻座。就在三个人都有点神思恍惚时，一句“让您久等了”唤回了我们的思绪。

要来了吧？要来了吧？这迫不及待的问话传到我耳朵

里时，Y田君点的蛋包饭已经端上来了。只见白盘子里一轮金灿灿的“太阳”，闪闪发光，好似庆典般华丽。Y田君条件反射地握住了勺子，劲头还不小。刚刚出锅的蛋包饭软软的，最可口。赶紧开动吧。

就在Y田往蛋包饭上浇番茄酱时，我们的牛肉蛋包饭和蒲公英蛋包饭也端上来了，三个人孩子似的打算比赛一下吃饭了。

蛋包饭呈纺锤形，蛋皮松松地包在熏肉和洋葱做的茄汁米饭上。传统的吃法是自己按照喜好往饭上浇了番茄酱再吃，而蒲公英蛋包饭从一开始就很有仪式感。它是在用鸡肉、洋葱、蘑菇和青豆做成的茄汁米饭上盖上菜肉蛋卷。蓬松的蛋卷在表面形成一种张力，拿勺子将其戳破，里面便会流出半熟的鸡蛋，然后再无情地捣破蛋液、铺开，让它上下流动。

我难道就是个搞破坏的坏人吗？

一旦将蛋卷打开，不，不对，一旦让半熟的鸡蛋液铺展开来，包裹住茄汁米饭，盘子里就只剩下灿烂的金黄色，如同梦中的一片金色花海。再看坐在对面的两个同伴，他们早已沉浸在自己的饭食世界里了。

蒲公英蛋包饭，它的名字源于饭店曾为伊丹十三导演的第二部戏《蒲公英》提供过帮助，并由此推出了这款美食。不过，电影中的那一场戏给人留下的印象却更深刻。一位之前当过厨师的流浪汉深夜潜入饭店厨房，熟练地从冰箱里取出材料，迅速地切菜、炒茄汁饭，又飞快地打蛋，娴熟地包好蛋包饭，然后再把它放在鸡肉饭上，一刀切下去——

这种口感只有大名轩才有。拿勺子一下舀起沾了黄色蛋液和红色茄汁的米饭，再加上鲜红的番茄酱，把它们一起放进嘴里。黏稠的蛋液拌在米饭上，在舌尖缠绵缱绻，叫人心生羞怯。哎，现在可不是怕难为情的时候。这情形有如一旦下定决心跃入海里，之后便是周身的畅快啦。

“哎呀……”满面通红的Y田君突然放下了勺子，我看了看他面前的盘子，已经吃掉了大半，“怎么说呢，味道好极了。”舀饭的速度随着米饭入口后的感受而自动加快，真没想到蛋包饭还如此富于变化。纺锤形蛋包饭的这边是鸡蛋的味道，把勺子往右移一点舀到的就是鸡蛋和米饭的巧妙配合，口味自然又不相同。勺子舀到浇着厚厚番茄酱的部分时，口里就有了酸酸甜甜的味道。看着Y田君幸福得仿佛回到了小学三年级的时光一样，实在不忍心要他分一口给我尝尝。

“好幸福啊，”啧啧称赞的是Y小姐，“牛肉好多，米饭好香哦，光吃包在里面的这两样就已经很好吃了，更不要说外面还包着鸡蛋，真是太奢侈了。而且黄油的味道也好浓。”Y小姐一边吃一边认真总结，最后说出了一句至理名言：“在吃蛋包饭的时候，我绝对说不出要跟人分手的话。”Y小姐已经看穿了蛋包饭的真谛，即它具有将一切哀伤的场面拉回到幸福中来的乐观精神。

1点45分，三个人将自己的一份蛋包饭消灭殆尽，心满意足地向地铁站走去。Y田君突然一脸严肃地问道：“刚吃完的时候，我觉得自己应该还能再吃一碗，不过现在肚子还真挺饱的。这蛋包饭里到底用了几个鸡蛋啊？”

就是嘛，我也在想同一个问题。两个鸡蛋肯定做不到这么好吃，难道用了三个？不对，也许……我脑中响起敲鸡蛋的声音，在刚刚开动的地铁里一阵胡思乱想。必须找个机会一探究竟。

转过大阪心斋桥大丸百货的拐角，再笔直往前走，我记得就在这附近。我四处张望了一下，找到了一块蓝色的招牌上写着几个白字“明治轩”，还写道：“创立于昭和元年的大阪风味。”

位于心斋桥的明治轩昭和三十七年开业，是一家坚持家庭经营的西餐老店。看到它今天仍在营业我的心情立刻大好，我今天是专门坐新干线来大阪吃蛋包饭的啊。

“我们几个到底怎么回事啊？一时兴起也得有个度吧。”

正好是正午时分，新干线开进新大阪站时坐在身边的Y田君自虐地说。嗯，不过我不同意，虽然只是说说而已，我觉得：“要想弄清蛋包饭的真味，心斋桥的这家饭店是绝对要来的。这可不是一时兴起，是专为膜拜蛋包饭来的。”

明治轩地处餐饮业竞争最激烈的大阪南区，却始终坚持做自己的味道。他们家在蛋包饭上下的功夫简直令人咂舌，饭里没有任何食材，但只要尝过一次，保证就会上瘾。我说这话的根据就是他们家一天光蛋包饭就要卖500份。当然，我对明治轩的蛋包饭也无法忘怀，所以不得不再来品尝一番。明治轩之所以能坚守住自己独一无二的味道，完全归功于他们一家三代店主匠人般精益求精的技术追求。

我们推开店门，就看见柜台和桌子前已经坐满了客人，这里的木柜台和桌子都有些年头了，柜台后头站着五个上了年纪的大厨，一个个正精神抖擞地工作着。连传入厨房的点菜声也相当悦耳："蛋包饭一个，五根套两个。""猪排咖喱饭三个，来喽。"

一切都让我们预感到今天将会遭遇相当美味的西餐，于是众人对这次蛋包饭巡礼的热情更加高涨了。

"真热闹啊。到底是大阪，我也有点小兴奋了。"那就赶紧点菜吧，好不容易来一趟，干脆直接点最有名的蛋包饭套餐。

蛋包饭和五根炸串套餐　1150日元

蛋包饭和银串（炸里脊和蔬菜）套餐　1050日元

蛋包饭和炸大虾（或者炸鸡排、可乐饼、炸猪排）950日元

炸串就是炸猪排串。在蛋包饭旁边摆上刚刚炸好的猪排串，这是明治轩独有的满腹套餐组合。

"好容易来一趟，就再要一份300日元的浓汤吧。"

“好啊，我也要。”

翻看西餐的菜单总会让人头晕目眩。什么肉丁盖浇饭、咖喱饭、排骨、汉堡、炖牛肉、熏肉色拉，全是些逼着我们重返少年的食物嘛。邻座的两位男士正在拿勺背给蛋包饭涂沙司，他们一边涂一边说：“还是这里的蛋包饭好吃。”“就是，好治愈。”

我们也好想早点被治愈。就在我们啜饮着加了面包干的古早风味浓汤之时，蛋包饭和五根炸串的套餐就接二连三地被端了上来。盘子里侧是鼓胀的金色纺锤形蛋包饭，外侧则是炸得脆脆的猪排串和白灼卷心菜。浇在菜上的深褐色沙司带着香料的芬芳，引得人食欲大开。

我先拿勺子舀一勺蛋包饭尝尝。好浓，好香。我终于又吃到明治轩的蛋包饭了，真心感动。

“真是不可思议的美味啊。饭粒上都是蛋香，叫人欲罢不能。”Y田君间或将炸肉串蘸了蛋包饭上的沙司吃，不一会儿就光盘了。

事实上，这个蛋包饭什么食材都没加，可还是让人一吃就上瘾。其中的秘密在于它加了“巧克力”。这可不是通常意义的巧克力。它是由牛腱子肉和牛腿肉熬煮了三天三夜，再绞碎后制成可供保存的四方小块，俗称“巧克力”。这也是明治轩的精华所在。看，他们使用的材料可都不普通——

2千克牛腱子肉、4千克牛腿肉、900克黄油、9千克洋葱、150 克块状汤料、850 毫升牛高汤、750 毫升红酒、200 克盐巴、40 克胡椒粉。

他们不惜工本地将这些材料制成“巧克力”，再把它粉碎成肉酱，和米饭放在一起炒。尽管表面上了无痕迹，但牛肉的味道已经全部浓缩进了饭里。这就是明治轩蛋包饭之所以好吃的全部秘密。

“做别的料理有时可能会偷懒，做蛋包饭我们是绝对不会偷工减料的。”已故“明治轩”第二代店主之妻井本启子说。她目前全权负责店内的所有事务。“如果蛋包饭不好吃，我们店的牌子就砸了。店里其他菜别家店也有，有的甚至更高级、更好吃，只有我们家的蛋包饭无人能比。”正因为如此，明治轩在蛋包饭上可没有少下功夫。事实上，加上四楼的厨房，店里一共有 16 位师傅。他们每天要打 500 多个鸡蛋，每个鸡蛋都由他们亲自检查，决不允许混入一点蛋壳。尽管用过滤法就可以简单地去除蛋壳，但鸡蛋的弹性就小了。而被客人的订单穷追猛打着练就出的快速打蛋法也是制作美味蛋包饭的一个法门。

另外要想把米饭翻炒均匀，也需要熟练的技巧。

“我们店里的师傅水平都是一流的。如果只想着给米饭上色，多放肉酱就可以办到，但炒出来的米饭就会烂，口味太重了。要想每次都能做出同样的味道，炒出同样颗粒饱满的米饭，就跟包蛋卷一样需要一定的技巧。”

接下来该把米饭包进蛋卷里去了。坐在柜台前，我们可以看见师傅为客人当场包饭，这技术太神奇了。只几秒钟工夫客人眼前就会出现一个完美的蛋包饭。如果看得仔细一点，包法是这样的：

1. 在专用的平底锅里倒入少许猪油。

2. 往锅里流入一个半鸡蛋的蛋液。

3. 拿筷子搅拌蛋液，使其虚虚地靠在锅边。

4. 等蛋液处于半熟状态，将炒好的米饭倒入锅中。

5. 巧妙地利用平底锅的弧度，边包裹边装盘。

“客人们站在后边看我包饭，嘴上说‘很简单’嘛。”在明治轩工作了35年的荻野进师傅苦笑了一下。由于点蛋包饭的客人实在太多，不知不觉中他已经成了专门负责做蛋包饭的大厨，而且一做就是许多年。

“看上去这个包饭就是翻个个儿的事，可万一焦了，整个蛋包饭就报废了。另外火太大蛋粘在锅上拿不下来也不行。我们干得时间久自然就习惯了，知道应该怎么做，可一不留神还是会出错。而且蛋包饭分量很重，一天里同样的动作重复几百回、几千回，手酸痛得不得了。”我们看见他胳膊肘上缠着象征荣誉的绷带。

等蛋包饭装到盘里后，就必须趁热吃。稍一磨蹭，鸡蛋就变硬，真希望一包好就能让店里的人给端上来。但我们还点了炸串，所以要调配这两种食物的出菜时间，其中的功夫就更深了。

大阪人是数得着的挑剔。他们觉得饭店里的菜必须无

浪花の味
明治軒
很费工夫！
MEIJIKEN
明治轩
特别是炸串和蛋包饭。
都是从爷爷那继承的味道，
包括酱汁。
哇！
好……
好吃！

条件可口，价格便宜也是卖点，只要味道稍不尽人意，他们就再不登门。况且，大阪南区还是一个必须满足客人严苛要求才能生存下去的餐饮业激战区。不过，一旦遇到好吃的饭店，客人给予的评价也相应地提高，激励店家更加奋进。启子女士心中铭记着已故公公和丈夫说过的话，她说："遇到生意不好，经济不景气的时候，我提出要提高价格，结果被两位狠狠教训了一顿。两个人都说自己的工作就是为了让客人高兴和满意，所以我们家的蛋包饭始终保持一份650日元的价格，十几年都没有加过价。"

蛋包饭是维系井出家族的纽带。

"'绝对不能把60%的顾客都喜欢的味道做砸。'这句话我丈夫经常说。这个原则不能违背。"老实说，明治轩采用肉酱来做蛋包饭，这个想法是在准备炸串的时候想到的，因为做炸串时会切掉很多边角料，为了不浪费这些肉块，大家齐心协力想了许多办法，反复摸索，终于将它用在了做蛋包饭的技术上。尽管这个做法很费工夫，但却是"明治轩"独此一家的美味，所以一直沿用到现在。

"前几天有个客人对人家这么说：'你们一定不知道这里的蛋包饭有多好吃。你们一定不知道这味道多么令人感动。'听到这话，我们真高兴。"大阪人嘴巴不饶人，可大阪的真味就是浓浓的人情味。

我们饱饱地吃了一顿浓汤、蛋包饭和炸串套餐，起身离开时，向厨房里的师傅们一一致谢，同时也从店内的温馨气氛中感受到了大阪人的诚实和努力。

至于蛋包饭得用多少个鸡蛋才能做出来？这个问题仍没有答案。我们在大名轩吃过的蛋包饭，到底用了多少个鸡蛋才能做得那么松软呢？

无论是他家最普通的蛋包饭还是蒲公英蛋包饭，松软得都可以让人觉出他们是多么奢侈地在使用鸡蛋。我厚着脸皮向大名轩第三代店主茂出木浩司师傅打听了一下，他很干脆地回答说：“四个。之前我们都用两个鸡蛋，自从伊丹导演的电影上映以后，社会上掀起了蛋包饭的热潮，我们便开始将蛋包饭做得又松又软，之后为了保持住这个水准，就一直使用四个鸡蛋来做蛋包饭。”

哇，我眼前突然一阵眩晕，原来一人一份的蛋包饭里竟用了四个鸡蛋。让我自己做的话，我绝不敢用四个鸡蛋，连一口气敲四个鸡蛋的勇气都没有。鸡蛋才是蛋包饭的主角啊，绝对要选最好的。

“我们选用的鸡蛋，都是每天从岩手县和厉木县送来的新鲜鸡蛋。做蛋包饭用的鸡蛋必须保证新鲜和卫生。鸡蛋都必须产自走地鸡，蛋黄也必须用颜色最鲜艳的。鸡蛋不好是做不出好吃的蛋包饭的。”

所以，我说专程奔着名声在外的蛋包饭来一趟是物有所值的嘛。

“之前我们店里最受欢迎的是拉面、炸大虾和咖喱饭，还有雷打不动的红菜汤和卷心菜丝。一直到 1985 年推出了蒲公英蛋包饭以后，蛋包饭才成为我们店的主打。如今光是位于日本桥的总店，每天就要卖出二三百份蛋包饭呢。”

太令人震惊了，蛋包饭！无论日本桥的大名轩，还是心斋桥的明治轩，他们都创立于昭和初期，都是只做西餐的老店，如今他们都迎来了第三代店主，两家都有世代穿着白色厨师服的老板带头在厨房忙碌的身影。将他们两家的历史担在肩上的都只有一个菜，即蛋包饭。

而蛋包饭永远都跟太阳一样，既明亮又温暖，愉快地向客人展颜微笑。

谢谢你，蛋包饭。

闲坐榻榻米

每每感觉寒风侵体，晚饭便会选择火锅。记得前天晚上才刚吃过，今天又抵挡不住它热气腾腾的诱惑，我将小瓦斯炉摆到了餐桌上，紧接着端来了锅子。

我频繁地举起筷子，从锅里夹起煮熟的白菜、浮上来的丸子，心里想："如果家里这时候能有张放在榻榻米上的矮桌，该多么有情调啊。"吃火锅最好配榻榻米和矮桌。男人盘腿稳稳地坐在地上，女人仔细照看锅子，随时将煮得刚刚好的食物分到各人的小碗里。这种吃火锅的方式对日本人来说再自然不过了。每个席地而坐品尝火锅的人都是其中的一道风景。热闹也好，抑或各自闷头品尝，空气中有一种难以名状的情绪。此时格外能体会自己其实就是一个彻头彻尾的日本人。

·

“这种风格的饭店，我们几乎不来。”两个年轻人环顾了一下店内的环境后说。他们连脱了鞋子坐在榻榻米上吃饭的次数都少得可怜。眼前这间饭店就是创立于昭和十二年的浅草大阪烧“染太郎”，店家请客人坐在家常的榻榻米上，围着矮桌自己动手做大阪烧吃。

“如果聚餐地点选在冬天需要女士脱了靴子才能进的饭店，人家就会觉得订餐厅的人很不懂事，所以我们一般都不来这种饭店。”在出版社广告部工作的26岁男青年N君解释说，他总在替他人着想。接着，早他一年进公司，最爱吃烤肉的T君也随声附和：“围坐在榻榻米上吃饭，是一个需要和别人同步的行为，心理上会有压力，担心自己是不是哪里做得不够好。比如怕一起吃饭的人会指责自己的火候没掌握好，或者烤的方法不对等诸如此类的事。所以把聚餐选在那种不用说话就等别人直接把菜端上来吃的饭店会比较保险。”

我最近常感觉现在的年轻人很怕失败，原来原因出在这里。没有人生来就是一个能干的成年人，大家都是经过失败、挫折，从中吸取经验教训后才长大成人的啊。我本想教育他们一顿，又怕遭人嫌恶，只好笑着点点头说：“哦，原来你们是这样想的呀。”

面前的铁板已经烧热了，我们先各自烧了蔬菜和海鲜，清空之后，开始做大阪烧。

N君是兵库县人，他说：“我来负责大阪烧，大家可以放心。”说完就将材料和面粉混匀，慢慢地在铁板上倒成一个圆形，等材料都熟了再整理一下形状，眼瞅着面粉凝固了，就飞快地把它翻一个身。这小子手艺确实不错。只要肯动手每个人都能把事情做好，不是吗？

“越做越好玩了。”

T君大口吃着后辈做的大阪烧，喝着啤酒，脸上露出了笑容：“烤肉的时候总是一开始就先算好每个人吃几份，而像这样一个大阪烧大家分着吃还蛮有趣的，感觉彼此就像好朋友一样。”他说的这种感觉有一个专用名称，就叫“连带感”。大家并排坐着，一团和气。日本人很喜欢在吃大阪烧或火锅的时候，通过大家面对面在一个锅里舀饭吃，再互相倒酒的方式，来打破彼此间的心理防线。

“所以我说偶尔坐在榻榻米上吃饭也不错吧。只有坐得榻榻米才能成为男子汉哟。”哎，真是多嘴。这种场合，自己不知怎么就感觉已经和年轻人打成一片了，不由得管起闲事来。

尽管笼统地称作榻榻米座席，细分起来还有用拉门分隔开的小包房和大包房的区别。使用榻榻米房间的另一个好处，就是可以根据场合、人数，自由地切分房间的大小。另外还有一种比较粗陋的混坐榻榻米座席。

所谓混坐榻榻米，就是在一间很大的房间里摆上一长排矮桌，然后按照客人到店的先后顺序安排座位。有些店

染太郎

铺要求先来的客人坐在房间最里侧，有些店铺则可以任由客人选择座位。不管是哪种方式的混坐榻榻米座席中间都没有隔段，因此陌生人同坐一张座席的情况很普遍。像那些开在老城区里注重传统的老饭店，比如烤鳗鱼店、泥鳅店和火锅店，就多选用这样的混坐模式。男女老少同坐在榻榻米上大快朵颐的风景本身就蕴含着祥和愉快的气氛。

有天下午，我们去吃深川饭，走进的那家饭店就采用了混坐榻榻米座席。深川饭是一种做给老百姓吃的米饭。

江户时代人们从深川的洲崎、佃岛地区搜集花蛤，回来用味噌煮好后浇在米饭上吃。

我们拉开店门，映入眼帘的就是玄关里的鞋箱，大家脱了鞋子走进店铺。

“欢迎光临。请您选自己喜欢的座位坐下吧。”女招待语调明快地招呼大家。我和同伴两人选择了靠窗通风的位子，面对面坐了下来，气定神闲。倘若是普通桌椅的话客人需要花一段时间来适应店内的环境，正因为有榻榻米，一落座大家立刻就感到心平气和，榻榻米座席会瞬间将人融入到周围的环境里去。

邻近桌前围着八位大叔，他们友好地彼此斟酒。听口气大约是一群钓友，他们一会儿提议下次应该去那条河里钓，一会儿又有人坚持还是这条河好等等。因为是混坐，我们并不在意他们的喧闹，觉得这才是老城区和谐的一幕。

虽说客人们都坐在同一张座席上，却互不干涉，彼此拉开一条宽松的界限，这是混坐榻榻米的一道不成文的规矩。不过有时身边的谈话也会引起别人的兴趣。听说我的两个大胃王朋友，有一次去烤鳗鱼店吃烤鳗鱼，坐在混坐榻榻米上。因为好不容易才有机会到这家好评如潮的烤鳗鱼店吃饭，两个人都豁出去了，手里拿着啤酒杯，点了许多菜：鳗鱼拌黄瓜、鳗鱼玉子烧、干烧鳗鱼，一个接一个，最后还要了一个大盘烤鳗鱼，像坐垫那么大的烤鳗鱼不一会儿就端到了二人面前。这时坐在她们身边正在吃鳗鱼盖浇饭的大叔瞪大了眼睛，惊诧地望着她俩说：“两位姐姐真是好胃口啊。你们今天是在参加大胃王比赛吗？”

他这种老城区常见的率直说法击中了两位女士的自尊心。本来不去理他事情也就不了了之了，偏偏她俩不愿辜负了大胃王的名声，都逞起了强。等她们哄着自己已经快撑破的肚子，吃下了半个坐垫大的烤鳗鱼之后，刚才吃鳗鱼盖浇饭的大叔站起了身，留下一句蔫不拉叽的话：“你们俩继续加油吧。”一听这话二人顿时跟泄了气的皮球似的放下了筷子，将剩下的一半烤鳗鱼打包带了回去。真叫人丧气，女友边说边发牢骚，但她的语气却十分愉快。

和混坐榻榻米的亲密氛围完全相反的是地台榻榻米。设置在屋中的地台榻榻米，可以让人远远看见围坐的情景却仍保留私密空间，别有一番暧昧的风情。地台榻榻米俗称成人的世界，人生的小剧场。

尤其是设在小食店里的地台榻榻米，更充斥着这样一种古旧的味道。它不适合光有男客或者光有女客的朋友聚餐，却特别合适妙龄男女相携而来。两个人隔着一张小桌子推杯换盏，说话声低了。抬眼一看，两个相对而坐的人恍若依偎在一起一般，带着熟络的情色。那些只能正襟危坐的餐桌绝产生不了这样的效果。

况且，地台榻榻米也有很多样式。

12 月的一个黄昏，我掀开银座七丁目“吉田”荞麦面店的门帘，矮身进屋。这家店创建于明治十八年，招牌菜是可乐饼荞麦面。这种在荞麦面上摆上鸡肉丸的食物始创于明治三十一年。当时这家知名的吉田荞麦面店还位于日本桥的浜町，由于作家斋藤绿雨在杂志上介绍了他们店里的可乐饼荞麦面，一下子成为众人的焦点。之后就发展为现在这家位于银座的吉田饭店了。店里除了经营荞麦面、乌冬、盖浇饭、具有季节风味的小菜，还供应鱼糕片、玉子烧之类的下酒菜，到了冬天还有鳕鱼火锅和牡蛎火锅供客人选择。店铺虽开在银座，门槛却不高，普通老百姓都可以任意出入。

吉田位于距离喧嚣的大马路稍远的金春路上。进得店来便可看见宽敞的店堂里摆着一排排的桌椅，在店内的一个角落里还设有一个地台榻榻米可摆放四张小矮桌。店里的桌椅和地台都很不错。

“欢迎光临。”

“地台上有空位吗？”

“哦，您想坐地台？”

“是的。”

约好了和朋友在这里见面的，现在是6点50分，朋友还没到。我在地台的坐垫上坐下后，环视了一下店内，今天店里也颇具风情。这边是一位刚逛完街的老妇人在吃凉面，那边是围着火锅的三个上班族在喝烫酒。还有一对梳着漂亮发髻的和服美妇和银发绅士的情侣，仿佛画中人一般相伴而坐。吉田荞麦面店内的风景就是银座的一个缩影。

地台的小矮桌上整齐地摆着吉田风格的餐具。我喜欢这些细节——筷架上摆着一次性筷子，一盏白瓷酒盅和一个啤酒杯扣在筷子上，真贴心。客人面前一个竹筏似的长盘，里面盛着金黄色的蛋黄墨鱼丝，和凉拌菊花菜，这样精心布置的待客小菜，让人看在眼里乐在心中。

“哎呀，哎呀，让您久等了。”说话的是Y田君。他就是今晚和我一起上地台吃饭的伙伴，与平时没有半点不同。不过，或许他现在内心也和我一样，话太多了便是自找麻烦。我只好比平时更加努力地微笑，尽量与他和平相处。

“不错嘛，这儿的环境。”

“很温馨吧。我喜欢这里的地台。先来杯啤酒吧？”对这个心仪的地台我忍不住要显摆一下。总觉得一样物什如果只有自己才晓得它的好，便不免要炫耀一番。地台的狭窄，更让同座的人互相亲近。我又告诉他，从这个地台上观察店内的风景，是很有韵味的。此外我又讲了很多地台的优点，几乎要拿它来讴歌了。Y田君只是听，不住地点头，他这个人还真是好脾气。

“那先要几个下酒菜吧。”

酸酱金枪鱼

鱼糕片

醋味鱼白

“真自在啊。”三个下酒菜一壶菊正宗的烫酒。Y田君盘腿坐着，解开了领带。酸酱金枪鱼，真好吃，醋味鱼白也好。我们接二连三地喝了几杯烫酒，间或往嘴里塞几片鱼糕，凉凉的QQ的，好舒服。起先我们还聊了些工作上的事，后来话题就转到了最近看过的电影、读过的书、家里的孩子、相识的人上来了。这种随心所欲天马行空的感觉最惬意。地台榻榻米就有这种魔力。

“再来点小菜吗？”

“好啊，好啊。”

醋渍青花鱼

腌海鼠肠

烧茄子

接下来我们还点了玉子烧。回头看看自己桌上，酒壶也摆了不老少。

“再点个可乐饼荞麦面吧，让店里只给浇头不要面，这个特别好吃。”

“好，那就它吧。”

端上来的浇头，让店里去掉了面，就只剩下大块的鸡肉丸可乐饼和葱花飘在香气扑鼻的汤汁上了。喝一口烫酒，再啜一口热汤，这滋味简直绝了。两个人拿小碗各分了半碗，最后又要了一屉凉面。

出了店门，外边的夜风业已透凉。看了看手表，还不到9点。

“哟，还不到9点呢。”

“这地台榻榻米真不可思议，明明才过了一个多小时，却好像盘桓了很久似的。”Y田君眨巴着眼睛说。我完全理解他的感受，地台榻榻米能让人忘却周遭的存在。明明是开放的，却又好像什么都看不见似的。明明不过是整间店铺的一个组成部分，却又好像是一个独立的空间。地台榻榻米给人的就是这种感觉。

“路上小心，再见了。”我们在银座的街心挥手告别，各自带着几分醉意，感觉度过了一个很美好的夜晚。

冬季的夜空挂着一轮明月。我从都营新宿线森下站出来，迎面就是车水马龙的新大桥通，附近是隅田川。在江户时代，这里是一片芦苇凄凄的三角洲。经过填海造地，新土地被命名为“深川”。它曾是江户时代水路交通的要道，赤穗四十七义士攻打的吉良府邸就在这儿。

我此行的目的地是“minoya”。它创建于明治三十三年，是专做马肉火锅的老店铺。

要找minoya就得找大路边上竖着的一块广告牌，上面印着樱花标记。到了晚上粉红色的灯火在夜色中闪烁，看到它心便痒痒的。掀起门帘走进店里，一个穿着短褂的大叔出来为您看管脱下的鞋子，这项服务也很贴心，让人每次都能感到老城区特有的率真。我们把鞋子交给大叔，往里走，穿过一挂漂亮的麻绳制成的门帘，眼前就出现了一个双排的大型混坐榻榻米，完全不设隔段，长桌子整齐地排成一溜。脚踩在泛着亮光的焦糖色旧藤制坐垫上，滑滑的，好舒服。座席里侧放着一个巨大的竹耙吉祥物，据说是从上个月刚结束的东京大鸟庙会上新请回来的，满眼都是吉祥瑞气。

“您请这边来。”一位身穿挺括白褂子的姑娘麻利地把我们领到座位上，店里所有坐垫都套着白色棉布的坐垫套。

“真不错啊。”

“环境真好。”这次一同前来的也是先前那两个男青年，要想体会老城区榻榻米座席的风情，我觉得一定得带他们来一次 minoya。

“先坐下再说吧。”今天同来的 Y 田君俨然一副公司前辈的派头。我们四人围着矮桌坐定，便感觉自己从年底繁忙的工作中解放出来了。无论如何，还是先干下一杯冰啤酒吧。

minoya 美味的马肉常常让我佩服得五体投地。虽说口味很淡，却很香醇，哪怕是第一次吃马肉的人，也能第一时间发现它肉质的鲜美。店铺第五代主人永濑守师傅告诉我们：“因为这马肉火锅需要客人自己动手制作，所以材料的好坏尤为重要。我们家选用的是青森产的马肉，一般要花三周的时间将它腌制成熟。马肉不同于猪肉、牛肉，马肉含水较多，不容易腌好。我们一般订的都是带骨头的大块马肉，然后把其中腌制得最成功的部分提供给顾客。”店主全家代代相传的料理技术在马肉的口味上得到了充分的体现。

minoya

唔。
锅子上来了，
就得集中精力好好吃了。
吃锅子的时候可不喝酒。
呼——
啊！
呼——
啊！
呼——
呼——
呼——
我喜欢吃半熟的肉。

那就赶紧点菜吧。不过，总不能一上来就吃火锅吧。

生马肉

鱼糕片

海苔

每样都点了两盘，再要了一壶烫酒。当我再次环顾店中，才发现这家店铺的天花板很高，很敞亮。直到昭和三十年“minoya”还在采用在座席上生炭火做火锅的形式，因此天花板至今仍旧很高。而且店里有些常客是木材厂的工人，所以他们在店铺的门窗结构上使用了很多名贵木材，价格极高。店里的窗楣和屏风还绘有樱花图案，装修得非常讲究。看起来minoya几代人都颇有气度。战争中东京遭空袭后此地烧为平地，他们在昭和二十九年重新翻盖，至今保持着当时的建筑原貌。

“啊，这个生马肉太好吃了。”大家都是一副赞叹的表情。硬要找个词来形容的话，就是比金枪鱼肉和生牛肉还要爽口。夹一片马肉放在舌尖，软软的，满嘴都是含铁的好味道，一点不让人腻味。吃完生马肉，大家更期待马肉火锅了。

接下来我们就来点个火锅吧。

马肉四人份

烤豆腐

金针菇

鸡蛋

女招待迅速端来一个小锅，放在瓦斯炉上，点上了火。两个人合吃一个小锅，坐在我们对面的那两位也有一个锅。好了，锅子热了。

首先下锅的是马肉和味噌，接着放葱段、魔芋丝、麸皮。把味噌溶开以后，往锅里倒入锅底，再煮一会儿就熟了。等水沸腾后，将马肉摊开放进去，一旦马肉变成粉色就赶紧捞出来，这时候马肉的口感最好。

对，就是现在这样。

四个人把筷子分别伸向自己面前的两个锅里，夹出马肉蘸蘸鸡蛋液，开动。张嘴一嚼，浓缩成一团的肉香就立刻在口中扩散开来。大家吃得很带劲，不禁又夹了一块，几个来回下来，葱段就煮熟了，魔芋丝也好了。桌上没有人说话，大家个个表情严肃，集中精力在对付锅里的美食。

一个回合过去之后，两个年轻人才开了口："吃火锅啊，好像必须具备体育教练或者运动经纪人的才能。"

"没错，必须懂得集中精力并合理部署兵力。"

完全正确，锅越小越需要集中精力并合理分配它。稍不留神锅子就会烧得过火，肉就会烧得过老。得不断调整火势，让锅里的食材保持最佳状态，这样的人才真正会吃火锅。我们要做到这一点，恐怕就必须多实战几次了。

"瞧，葱段煮熟了，豆腐也马上好了。你们俩年轻，别客气，多吃点。"Y田君好像在说老电影里的台词似的。是啊，昭和年代公司里的前辈也一定都是这样带着后辈，并肩坐在榻榻米上各饮一杯的吧。各人都带点醉意的话，心灵便容易相通。倘是后辈借着酒劲发几句牢骚，前辈便更能展示自己的才干了。

“喂，别气馁嘛。”前辈会微笑着用手拍拍年轻人的后背，他的人生经验也随着后辈的成长而愈加成熟。

天花板上的吊扇悠悠地转着，店内座无虚席。客人里既有附近的居民，也有大大小小的一家子、情侣、公司同事，众人都围坐在热气腾腾的矮桌旁，吃得开怀，谈得愉快。这热热闹闹的场面也算一道美食。同店共事的人都仿佛亲人一般，minoya 饭店漫长的历史里也包含了我们的身影。听说他们家奶奶，前些日子去世了，享年 93 岁。奶奶在这个世上吃的最后一顿饭就是马肉火锅。这让我想起第五代店主永濑守说过的话：“我小时候每天晚饭都是马肉火锅。现在也必须每天吃一顿，我们全家都好吃这一口。”

吃完火锅我们把白米饭倒进鸡蛋汤里，吃了个底朝天，肚子封住了所有的满足感。我能感觉到自己脸上泛着红晕，没有什么比马肉更容易使人浑身发热的了。

承蒙款待，这顿饭吃得真舒服。付完餐费后，我心里突然涌出一个想法，想要向店内那个大大的竹耙吉祥物合掌道谢。等我们起身离席，走到玄关处，管理鞋子的大叔飞快地扫了我们一眼，便将四双鞋子摆在了我们面前。

到底还是榻榻米座席惬意啊。我披着西斜的月色，周身浸润着亲密的友谊，一路向家的方向走去。

银座三明治

冬日，银座上空落叶纷飞，我不由得停下脚步站在路边，想看看它去往何方。一阵寒风袭来，树叶又落了一片。我定定地看了一会儿，银座四丁目路口的信号灯红了，红得好像一粒南天果。

冬天与银座的调子特别相称，也许是穿大衣戴围巾的行人给这条街道增添了别样的韵致，连猫腰缩头快步疾走的大叔在银座冬天的背景下也显得风情万种，这条街道到底有着与众不同的风韵。

穿过四丁目的十字路口，一股甜香就直往鼻孔里钻。是“木村屋总店”的樱花豆沙面包的香味。这种面包天然发酵，里面加入了腌制的八重樱花瓣，自明治八年以来就是银座街头的名品。走进店铺，首先看到一个个的木架子，上面摆满了樱花豆沙面包，据说店里每天樱花豆沙面包的销售量要达到1万个。人们通常认为：“虽然在百货店的地下卖场里也能买到，可就数银座四丁目这里卖的豆沙面包最好吃。”此话不假。这里的面包，是在七楼由面包师傅们做好后直接拿出来摆上货架的，尤其新鲜。

只见店里热闹非凡像在举办面包节似的。我穿过层层人群，走上二楼，闻着空气中的面包香，突然就有了吃三明治的冲动。木村屋总店二楼专营三明治，每天都推出不同的品种。比方这周就有：

周一　风味鸡肉三明治

周二　肉酱敞口三明治

周三　炸大虾三明治

周四　香肠和奶油芝士三明治

周五　火腿鸡蛋三明治

这里的三明治每日只做三十份。一个三明治加一碗汤和一杯咖啡，定价1050日元。这也是在向客人宣告，本店并非只有豆沙面包一个产品，三明治也很棒。店铺四楼还经营一家法式餐厅，同样彰显着对自家面包的自豪。其根据就是做三明治用的面包品种可以任意更换，比如用黑麦面包、心形面包或者切片面包来做都没问题。在这银座的中心地带，一场有关三明治的竞争正在悄悄进行。

其实，木村屋还有一个热门商品，就是炸虾肉三明治。如果看到那块炸得又香又厚的虾肉饼，准保所有人都会瞪大眼睛。等你张大嘴巴咬上一口，就会感受到香喷喷的面粉衣下热腾腾的虾肉翻腾而出，炸虾肉三明治就是这么奇特。

“虾子背上的纱线都得事先去掉，特别费工夫。我们先把虾肉做成一个一个圆形虾饼，等客人下单后，再一个一个现炸。所以这道菜我们周末才做，一天炸一百份，很受客人喜欢的。”把虾肉饼和生菜夹在面包片里，再浇上与虾肉绝配的法式沙司，这就是吉村总料理长的得意之作——炸虾肉三明治。我好久没来银座了，今天我就上木村屋总店二楼，找个靠窗的座位，一边欣赏银座冬天的街景一边吃炸虾肉三明治吧。

我心仪的这道银座美食引发了我复杂的心绪：既有点想向人小小显摆一番，又想独守这份美好，而不愿与别人分享。我如此霸道地想独占这份美味，恐怕是源于我对银座有着自己的一份喜爱吧。这条包罗万象的街道啊，仅一个三明治就花样百出。

感觉有点小饿时，三明治总能救人于水火之中。而忙得不可开交时，它也有化忙乱为美味的功效，实在是值得感谢的一种存在。

“那便利店里的三明治也有这个效果咯？”有人曾这样问我。我暂且这样回答：“比方说，我这里有两个饭团。一个是妈妈用刚煮好的米饭辛辛苦苦给你捏好的，一个是要你剥开塑料纸，咬住裹着的海苔一起吃的，定价 100 日元。

看上去两个饭团都是三角形的，可味道却截然不同，不是吗？”

三明治也一样，不仅仅就是往面包里夹点什么这么简单。

“三明治是所有诚意的总和。”我可以毫不客气地这么说。正因如此，我们才能在银座邂逅如此美味的三明治。

“我们要给您最好的款待。”这种丝毫不马虎的态度就是银座独有的气派，而且还要拿出比别人更大的诚意来。因为这里是银座嘛，所有的款待更要尽心尽力。三明治里夹的是银座的气魄。

例如，在银座七丁目还有一家“洋果子铺威斯特”，他们做的火腿吐司三明治，端端正正，简直让人陶醉。

烤得黄黄的面包上涂着黄油和芥子，里面夹着一块刚煎好的厚火腿。面包的四个边被整整齐齐地切掉，再端端正正地放在白色的餐巾纸上，旁边画龙点睛地搭配一抹绿色的香菜。此外每份三明治还配一个柠檬榨汁器，榨汁器里放着一小片已事先切了皮的月牙形柠檬片。无论是食物还是礼节都十分讲究。

热腾腾的火腿和香喷喷的烤面包相得益彰，这就是威斯特特有的正统范儿。吃到一半，再挤一两滴柠檬汁上去，三明治的口味又会变成清爽型，加上用粗笨的白瓷杯端上来的清咖也是古早的风味，包括铺在餐桌上的桌布和套在椅背上的椅套，也依旧是熨烫整齐的雪白。

那么象征银座宾馆业老大的帝国饭店如今又是怎样的情景呢？我怀着探究的心情去了一趟帝国饭店的“Rendezvous Lounge”，要了一份美国俱乐部三明治，定价2100日元。穿着长裙的女招待殷勤地为我铺好餐巾，放好刀叉，可我怎么觉得三明治还是用手抓着吃比较有味道呢？我频频观察夹在三明治里的鸡肉、培根和生菜，试图用它们的分量来说服自己，可仍不起作用。我真的可以心平气和地大口吃掉这么昂贵的三明治吗？特意跑到如此高级的帝国饭店来，身上却仍改不掉小市民习气，自己也真是够俗的。我内心不断地挣扎直到吃完最后一片。

三明治卖得太贵或者太便宜，都会让人感觉不妥，定价还蛮有讲究的。

“其实我从小就很喜欢吃三明治。真开心，要去银座吃三明治啦。”Y田君已经是当父亲的人了，可看到他脸上浮现如此天真的笑容，我也跟着高兴起来。“那我们有乐町见。”扔下这句话，我就和他在有乐町的大钟下会合了。首先我们背对银座方向，走进了面前的新有乐町大楼，大楼里有一家店名叫“浜之屋-parlour”。“咦？是要来这家吗？”

很多人刚看到这家咖啡馆的情形都会吓一跳，这很自然。因为它坐落在大楼的地下一层靠里的一个角落，店很普通，店内都是塑料椅子，感觉有点怀旧。店内的客人大

多是附近公司的上班族，没有一个是打扮得漂漂亮亮来逛银座的观光客，所以这家店显得很清闲。我想感受这种悠闲的气氛，偶尔便会过来一趟。当然我还很中意他们店里的三明治。

“哇，菜单好有昭和年代的感觉，真不错。鲜橙汁、鲜香蕉汁、鲜草莓汁、鲜桃汁，果汁的种类很多。有了，有了，三明治。鸡蛋的、火腿的、蔬菜的、芝士的，还有特选的，加上饮料，一份850日元。我都不知道该选哪个了。”菜单上列着许多三明治。不过我推荐这里的特选三明治，再加20日元让店里给烤一下。

做三明治的关键是面包和面包里夹的食物。如果里面夹的食物太湿，弄潮了外面的面包，这份三明治就做砸了，所以必须有一定的技巧和功夫。看，穿围裙的大婶把特选三明治端来了。

只见三明治方方正正，颜色绚丽，十分可爱。粉色的火腿、翠绿的黄瓜和生菜、金黄的鸡蛋，全都是黄金组合。而且排列的顺序也很讲究：一片面包、一层生菜、一层黄瓜、一层番茄、一层鸡蛋、一层火腿，最后又是一片面包。这么排是为了用生菜和火腿做出整个三明治的防波堤，隔住食材上的水分，使其不至于弄湿面包。要知道，他们店里夹三明治的鸡蛋可是滚烫的哦。

“好吃，这个好吃。鸡蛋又热乎又蓬松。”Y田君说完便一阵埋头大吃，以至于吃光了自己盘里的还伸手到我盘子里拿了一块。

这就是浜之屋给予我们的款待。我不由得想拜访一下站在柜台后面的那位大叔了，他身着白衬衫，打着蝴蝶领结，默默无闻地为大家服务着。就在我们摸着滚圆的肚子，心满意足的时候，邻桌的上班族大叔突然收起了体育报，小声咕哝了一句：“该回去工作了。”

这里是让鸟儿歇歇脚的大树。浜之屋的三明治叫人身心轻松，在满足了小憩之人的需求后，又将他们送出店外。

此时，我突然想起另外一个问题：“你喜欢水果三明治吗？”不知道会有多少人毫不犹豫地回答是呢？我们究竟该把水果三明治归在面包类，还是以面包形式存在的点心类？或者该将它看作蛋糕？到底为什么要特意给水果裹上鲜奶油，再夹进白面包片里呢？想到这儿，我的脑海里浮现出甜腻腻的味道。

为了寻求问题的答案，我漫无目的地在路上行走，不知不觉看到了晴海通上悬挂的招牌——“银座千匹屋”。

下午 1 点 45 分，店内的茶室里满是女客。我漫不经心地环顾了一下四周，真吓了我一跳，七桌人里竟有五桌在吃水果三明治。一时间，我也想表明身份说自己是水果三明治的铁杆粉，便立刻端正态度，决心和水果三明治来一番较量。

不愧是“千匹屋”的三明治，里头夹着大块的苹果、甜瓜、黄桃和草莓，净是深受大众喜爱的水果，它们裹在白色的鲜奶油里熠熠放光。三明治像用尺子量好了裁出来的一样，八个断面整整齐齐，连水果蛋糕在它面前都黯然失色。我用手指夹了一片尝尝，鲜奶油的量刚刚好，苹果很脆，面包的甜味掺杂着一点水果的余韵。总之，店里引以为豪的美味水果都很有个性。

话是这么说，但当我吃到第六片时，就有点喘不上气来了，也许是中午没吃饭的缘故吧。难道肚子里的蛔虫在抗议？“你就用水果三明治当午饭了？”看来水果三明治好不好吃，碰对时间很重要。只有在悠闲自得的时候，心血来潮地拈起两片尝尝才恰到好处。

“职业妇女下班的时候，正是小姐们来银座上班的时间。”成濑巳喜男导演的电影《女人上楼时》，片头里有高峰秀子的这句旁白。这部影片由东宝映画公司于1960年制作，脚本是菊岛隆三的原创。高峰秀子在片中扮演一位在银座夜总会工作的小姐圭子，她的美貌让人惊艳。片名中的“女人”指的就是在银座夜总会工作的小姐，“楼”即混杂在杂居大楼里吵吵嚷嚷的夜总会。尽管半个世纪过去了，成濑电影里描绘的银座仍颜色不减当年。

冬天日头落得早，路灯亮时，映照出行道树的影子。在这街道上穿梭行走的是一个个身穿华美和服或长裙的银座小姐们。事实上，在这个夜晚的华丽舞台上，有一个荣获“只此一家”点名殊荣的美味三明治。

创立于1968年的“数寄屋桥”被公认为是文艺夜总会，他家的妈妈桑园田静香女士是个与银座共度一生的资深小姐。这家店从原来的住所刚搬到银座七丁目不久，我推门进去就受到了一身和服的园田妈妈的热情接待。因为每年直木赏公布获奖名单后，评审委员都会来此会餐，所以到这儿来的出版商非常多。今天晚上到场的就是《文艺春秋》的H乌先生，他光顾这家店的历史已有25年之久了。

首先众人举杯。在H乌先生的推荐下，我们喝了加水威士忌。由坐在身边的静香妈妈亲自为我们斟满。

“小H，咱们从认识到现在已经有不少年头了哦。”

“嗯，不过，你们这家新店我现在也蛮适应了。之前那边，虽然称不上漂亮，但很有韵味，所以我开始还担心搬来新地方，我会不习惯呢。”

H乌先生被人家称作“银座通”，他那一嘴刻薄话到哪里都不饶人，不过我却有一事想跟他打听：“请问，您知道有家名叫‘宫泽’的店卖三明治吗？”

“那个三明治啊，太好吃了。肚子饿的时候，吃一个他们家的炸猪排三明治，简直绝了。”果然问对人了，“银座通”立刻给出了答案。静香妈妈就势接过话头：“那我们叫一份过来吧。领班，去给这边的客人到外边叫一份炸猪排三明治。”

事情进展顺利，在我们喝干第三杯加水威士忌的时候，三明治就送到了。

分量够足，刚炸出来的猪排热气腾腾，店家原创的沙司略带点辣，面包片也足够厚。三明治被切成小小的正方形，一口咬下去，嘴里都是猪排的香味，脑海里立刻闪现出“三位一体”几个字。

“我们店的三明治都是让他们送的。另外有时候还会叫些寿司店做的寿司或者日料店做的饭团。宫泽家啊，你只要一个电话，他就马上把刚做好的三明治给你送过来。哪怕只要一份，他们也不会拒绝。味道好，还不用等很久，他们家的三明治特别受客人欢迎。”

这些我老早就晓得的。我自己偶尔也会去这家位于日航饭店后边的宫泽小店，因为嘴馋他家的炸猪排三明治和鸡蛋三明治，有时还想尝尝他们做的西餐。宫泽小店只有巴掌大的店面，可一到晚上8点，角落里放着的老式黑电话机就会响个不停，都是各家夜总会打来让他们送外卖的。

我坐在数寄屋桥里吃炸猪排三明治，感觉这炸猪排三明治确实不一般。一般在夜总会或酒吧里吃三明治，一定是当下酒菜，因此这热腾腾的炸猪排和上面抹的辣味沙司自然就让人们想要再喝一杯。

这是勾引人喝酒的三明治啊，银座的夜晚就这么有魔性。

宫泽的店主名叫清水勋，年轻时曾在银座当过调酒师，后来自己开店，已经有25年了。他在银座生活了50年："银座真的很不错。住在这里让人安心，现在的银座仍保留着以前的风貌，让人安居乐业。银座养育了我，所以我现在每天都以报恩的心情为大家服务。"

在宫泽家厨房里工作的是25年来一直担任大厨的户冢师傅，以及其他六人。另外还有两三位熟悉银座六丁目到八丁目各条小路的员工，专门负责送外卖，店里天天都是一团和气的景象。许多夜总会小姐上班前会来这里填填肚子，深夜下班后也会来这里放松放松。宫泽小店对她们来说就像是后台休息室，可以小憩一下。

不过店里的工作还是银座范儿，一点都不马虎。

"我们做三明治，每天要用25根三斤重的面包，鸡蛋三明治里用的白煮蛋要150个。我老婆专门负责剥鸡蛋，她总说她是用生命在剥鸡蛋。因为三明治里决不允许有碎

蛋壳，万一混进了碎蛋壳，那不但对不起客人也对不起叫外卖的那些夜总会了。虽然我不太善于做买卖，但是我诚心诚意地在做事。”

在这灯光璀璨的银座街头，不知有多少店铺无声无息地退出了人们的视野。而始终被大家喜爱的宫泽三明治却撑起了银座的一片天。

说到能诱人喝酒的三明治，还必须提一提这间酒吧，即位于山手线新桥车站和有乐町车站高架桥下那一条饮食街上的“ROCKFISH”。他们店里有用复刻 43 度三得利威士忌调出的超级清爽嗨棒。

真不知深夜在那家酒吧吃过的三明治怎么会那么好吃。当我坐在他家吧台喝酒时，身边突然飘来一阵香气，直冲鼻腔，于是我就忍不住了，肚子里的蛔虫条件反射地张牙舞爪起来。

ROCKFISH 里最具人气的是生火腿芝士三明治。只见摆在盘子里的是一块极其精致的马赛克拼图：在三片烤得焦黄的面包间紧紧夹着芝士、生火腿、番茄和罗勒。用来调味的蛋黄酱、芥子和黑胡椒，把三明治的口味调和得既简单又复杂。酒吧的调酒师长谷川是三明治达人。

“关键是掌握烤面包的火候，要把面包里的水分烤干，烤得太生或太软都不成，非得烤出最理想的状态不可。其次就是精力要集中，中途松劲的话，盘子里的三明治就不好看。”这时调酒师间口也附和着说：“好吃的三明治一眼就可判断出来。总之三明治要的就是那个整齐美观的样子。”间口调的嗨棒在这一带很出名。

为了做出自己理想中的三明治，间口奔走在多家面包房之间，终于找到了一种烤制起来香味扑鼻，水分又容易

好了，
请慢用。

蒸发，而且还正好能装进一个盘子，大小厚薄都合适的面包。从一片面包到蛋黄酱的口味都被计算到了 ROCKFISH 的食品美学之中。

不胜酒力的 Y 田君拿着嗨棒坐在吧台前焦急地翘首以待。

“让您久等了。”长谷川放到客人面前的盘子，无论什么时候都这么漂亮。

“哦，那我开动了。”Y 田君拈起一片长方形的三明治塞进嘴里，静静地闭上了眼睛。“这……”他一脸感慨，咕嘟咕嘟地喝了几口嗨棒。哎呀，不胜酒力的人怎么可以这么喝？

穿过昭和大道，对面就是歌舞伎座。由于预定在平成二十二年进行的重建工作即将开始，固定的初春大歌舞伎表演成了“歌舞伎座告别公演”，看到这个情景我心中不禁一阵黯然。不过，一旦想到有个美味至今还保留在东银座，心情马上多云转晴。

我第一次品尝兆子屋的可乐饼三明治是在十几年前了。这家店位于东银座后边的小巷里，创立于昭和二年，是一家肉铺，他们在店门口炸可乐饼和肉饼，然后当场把它们夹在纺锤面包和方片面包里。听说味道相当不错，我便风风火火地赶了过去。这就是我第一次来他家的经历。那次以后，但凡我到东银座办事，回家时都会绕到店里，买一个刚做好的三明治，然后迫不及待地跑到附近的公园，坐在长椅上大快朵颐。我这番话说得 Y 田君两眼放光：“我绝

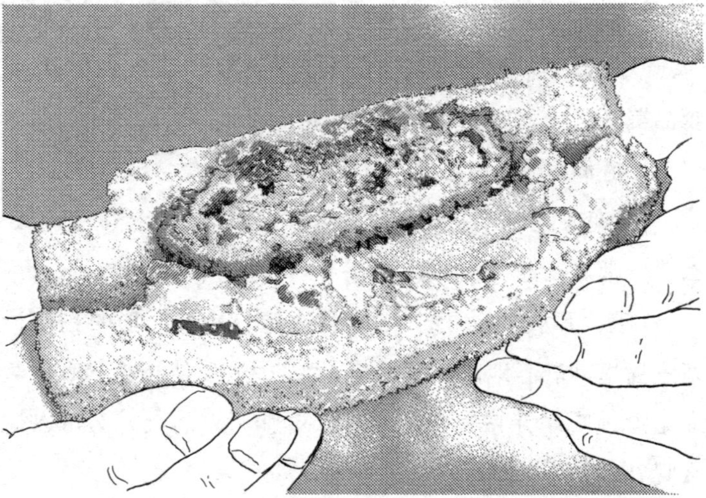

对要尝一下，那个可乐饼三明治。”

午后四点，是兆子屋傍晚的开店时间。指针刚指向四点，店门口已经排了五个人，都是附近的居民。

“来两个可乐饼三明治。”话音刚落，身穿整洁白大褂的帅哥就立刻把可乐饼投入油锅，他身边裹着头巾的大婶迅速地往面包上刷了层沙司，然后一切两半。

“给您，两个 500 日元。”

一个用橡皮筋扎住的纸包递了过来，里面还是滚烫的。我跌跌撞撞地跑到附近的公园，坐在长椅上和 Y 田君一同分享。

“哇，好烫。”

“会烫伤的。”

不管了，照样吃。可乐饼炸得脆脆的外衣在面包里跳动，土豆溶进口中，特制的沙司粘在面包上，这一切的完美组合让人无法形容。住在东银座的孩子们都是吃着它长大的吧。

晴朗的天空上划过一道飞机云，行道树落光了叶子，银座的最东边已经是一片冬季的景象。小狗也怕冷似的缓步穿过公园。

“冬天了啊。”

“终于到了寒冬腊月。”

西北风已经刮起来了，我们却因为肚子里有了兆子屋滚烫的可乐饼三明治垫底，浑身都热乎乎的。

“在银座吃了这么多家店的三明治，不知怎的，我突然想起小时候妈妈给我做的三明治卷了。”

“好怀念啊，用各种彩色纸卷了包起来的那种三明治卷吧？好像是生日或者去远足的时候家里才会做哦。”

我记得妈妈往便当盒里放三明治的日子，没来由的都特别晴朗。虽然我也喜欢往面包里夹上火腿和芝士，然后简单地一折匆匆地放进便当盒里，但正因为如此反而更感谢妈妈专门为我做的三明治。面包直接吃也不坏，但另外准备出夹面包的材料，切好、夹好、分好，经过这一道道工序做出来的三明治，十根手指都能感受到它的美，喜悦之情更甚。

所以不论多大年纪，每当看到三明治便会心襟荡漾。

注：兆子屋的肉饼色拉三明治现更新为肉饼三明治。

一个人的冬日火锅

酒盅里的酒和这古旧的树脂板桌子很般配。

“哦，您请。给您倒上吗？”一位身穿白褂的女招待（25 岁左右）握住酒壶的瓶颈往酒盅里倒满了酒。这酒可不是一般的酒，是鱼翅酒，用河豚鱼翅做的酒。温热的酒壶里，飘着一片烤得发黄的河豚鱼翅，香味引诱得我伸手去抓酒盅，哇，好烫，我的手几乎要被烫伤了，便赶紧往回缩，然而为时已晚，鱼翅酒的香味令我陶醉。

冬日的道顿堀是河豚火锅的天堂。走在大街上，路两旁都是诱惑在向你招手。

河豚火锅

河豚刺身

烫河豚皮

河豚鱼块

鱼翅酒、白子酒

我看着这些招牌和菜名，血液的浓度一下子增高了。管它是天然河豚还是养殖的河豚，想吃河豚的欲望已经被煽动起来了，脑子里一片混乱。河豚可真是魔性啊。才喝了两口热热的鱼翅酒，便感觉自己恍若梦中。

我十几年前有过一次难忘的享受，即一个人在道顿堀吃河豚火锅。那天我正在旅途中，夜里冷得要命，便想要吃个河豚火锅暖暖身子，于是给住在当地的朋友打电话。

“真想去的话，就去‘与太吕’吧。是大叔们一个人喝酒吃火锅的好去处呢。”

“与太吕”创立于昭和三十四年，是一家具有古旧道顿堀风情的河豚专营店。推开它的大门，我就进入了独自品尝河豚火锅的奢华场景之中。

柜台前坐着一个穿棉夹克戴鸭舌帽的大叔和一个穿西装的大叔。两个人中间空着两个位子，我一看就知道是他们彼此故意在拉开一段距离。两个人面对热气腾腾的火锅，手法都很老道，背影则有些许俗世浮沉的豪情。

真潇洒啊。

一个人吃河豚火锅，可不仅仅只是一个人吃火锅这么简单。我顷刻明白了这个道理。必须要经历过岁月的浸染，颇具风情地享受一个人的河豚火锅才会有大阪独特的味道。一个新手是学不来的。我仰视着这高高的门槛，心中涌起

对独享河豚火锅的憧憬和敬畏。

真是好久没在冬天来道顿堀啦。晚上7点刚过，二丁目商店街里既有价钱实惠的河豚料理店、河豚刺身店还有小酒馆、烟草店、大阪烧和宾馆、茶屋，家家霓虹闪耀，纷乱繁杂。而与太吕就在他们的正中间。

打开店门，迈步进去，便感觉时间的脚步立刻变慢了，这儿依旧是老样子，昭和时代的气息都回来了。

“欢迎光临。您一位吗？请您上二楼，慢点走啊。”一楼的女招待（约莫47岁）穿着浆得笔挺的白褂子，古早味十足。她热情地招呼我上了二楼。巴掌大的小屋里摆着几张四人座的桌子，先到的客人已经坐了三桌。屋里蒸腾着白色的热气。

墙壁上写的料理名只有三个：

河豚火锅　5080 日元

河豚刺身　2480 日元

河豚泡饭　390 日元

那么就别东挑西拣了。

“一份河豚火锅。”我只身一人，再点刺身恐怕就多了，我还要了鱼翅酒。鱼翅酒很快就端了上来，烫得很，我开心地啜了一口，体会到一种重逢的喜悦。

“您请。”一位女招待（大约 55 岁）将瓦斯炉放在了桌上，又把一个铝锅坐在炉上，锅里金色的汤汁轻轻晃了几下。桌上的小碟子里摆着红叶泥、小葱和萝卜泥，旁边还放着一个装醋的小壶。紧接着河豚登场了。

好有弹性的河豚肉，好透亮的河豚皮，还有翠绿的菊花菜、堆得高高的白菜叶、金针菇、两块厚实的豆腐、一片薄薄的笋片、一片斜切的茄子，上面还放着一块烤年糕。一共是八种食材，一层层地堆在盘子里，跟个小山包似的。

嘭的一声，瓦斯炉点上了火，火苗蓝盈盈的，我一个人的河豚火锅大宴开场了。

首先我往锅里放了两块带骨头的河豚肉，煮沸之后再放进白菜帮子，这些都是吃河豚火锅的顺序，并且还能吊出鲜美的汤料。我又喝了一口喷香的鱼翅酒，等着锅里再次沸腾。

两个中年情侣也在我身后凑着头地吃火锅。

“我跟你说，那不能只考虑自己啊，那样真的不行啊。”

“嗯嗯，那么呢？”

“那么我现在就要说了呀。怎么样？你听好了。”

我听到他们俩的对话，就好像是在听大阪相声的开场白。

再往里的一张桌子上坐着一个戴绳结的大叔（约61岁）和一个茶色头发的姑娘（约25岁），两个人很是亲密。

观察完周围客人的情形之后，我猛地回过神来，发现自己的工作还没干呢。我赶紧在煮沸的锅里放进一块河豚肉，再加了豆腐，让锅子平复一下，等再次沸腾时就可以蘸着醋开动了。这些工作都得我一个人完成，确实有点应接不暇。

河豚肉真有弹性，嚼劲也好，不愧是冬日食品之王。锅里沸腾得更厉害了，我又往里加了一把软软的白菜叶子。

一个人吃火锅有一种特别的快乐，就是自由自在随心所欲。煮的程度自己说了算，放食材的顺序自己说了算，捞菜的时机自己说了算，想吃多少都自己说了算。不用在乎别人的意见，自己照顾自己，自己迁就自己。换句话说，一个人的火锅就是由着人任性的食物。

独自来吃河豚火锅的客人都挺挑剔的吧？我问帮我把锅端上来的女招待。

“常来的客人都有自己的一套吃法。比如有的喜欢汤汁多一点，有的中途不让加水，对这些不需要别人服务的客人来说，我们做多了反而……总之每个人都有细节上的差异。”

会独自来吃河豚火锅的客人都是爱憎分明的人，他们知道如何好好经营自己的宝贵时间。比方有的人得“味道渗进肉里了”才平静地举起筷子；有的人喜欢富有变化，把河豚皮轻轻地烫一下就吃；有的人则要把白菜煮得软软的；有的人会往醋里放很多红叶泥，弄得味道辣辣的。各人有各人的套路。他们晓得细微的变化也会改变料理的味道，所以丝毫不敢怠慢。不，他们一旦怠慢就失去了独自吃河豚火锅的意义。

正当我集中注意力调整着瓦斯炉的火力，照看着锅子的时候，原先那小山一样的河豚和蔬菜就都已经进肚了。时针正好接近 8 点，喝了第二杯鱼翅酒，感觉味道更加香醇，我吃得浑身发热，连脚趾都热乎了。不知不觉间，锅里也不再热火朝天，我可以开始准备吃河豚泡饭了。

“14 号桌的客人，一份泡饭，一份酱菜。”刚才那位女招待响亮地向厨房报了菜名。

“现在我给您做泡饭吧。”这是一个技术活儿。女招待往锅里又添了一些汤汁，煮沸后用饭勺把米饭均匀地放进锅内，煮上一会儿，接下来该亮出撒手锏了。只见她拿过一包海苔，轻轻地揉了几下，随着揉海苔发出的声响，海苔已经在她手中成了碎屑。待米饭吸饱了金色的汤汁，她就赶紧打一个蛋花浇在锅里，一锅泡饭眼瞅着染成了金黄色，紧接着她撕开海苔包，将碎海苔倒在汤饭上，那些黑色的花瓣就落入了锅中。

所有这一系列动作干净、利落，女招待伸手拿碗给我盛了一碗。我接过她盛的热泡饭，尝了一口，真不知用什么词语来形容这样的美味。每一颗饭粒都浸透着河豚的鲜味，醇香在口中绽开，笼罩在舌尖。米饭、汤汁、鸡蛋、海苔，你中有我我中有你，紧紧地糅合在一起，复杂地纠缠着进入我的腹内。

这个闭幕式太完美了。让我享尽了与太吕剧场的精髓，浑身发热脸发烧。就在我出神回味之际，路过我身边的女招待从容地说："再给您一杯热茶好吗？"

饭毕，一楼的女招待（大约 61 岁）将我送出店外。我吃得肚子滚圆走在大街上，浑身暖意融融。道顿堀的晚风吹在我火热的脸上，凉凉的，好舒服。

抬头看了看冬夜的天空，一轮明月高挂在空中。

沿着国际通笔直走，穿过浅草一丁目，眼前就是公园六区的入口。在街角的寿喜烧左拐，立刻就可以看见一个白布帘子在风中飘荡。上面墨迹新新地写着五个字"泥鳅饭田屋"。

这是创立于明治三十五年的老饭店饭田屋，专营泥鳅料理。

泥鳅是老城区的食物，用咸咸甜甜的汤汁煮出来的泥鳅火锅，吃一次准上瘾。一般来说吃泥鳅最好是在初夏，但是冬天一边喝桶装酒一边吃泥鳅锅也别有滋味，泥鳅的鲜美会一点一点在体内散开。有个女人会一个人来这里吃泥鳅锅，她就是本地出生的妙龄美女山田小姐（真名），她今年 29 岁（也是真的）。

山田小姐是我的朋友，偶尔会和我一起吃吃火锅喝喝酒。她父亲出生在浅草，母亲出生在涩谷，她自己则在这附近的柳桥长大，是典型的老城区孩子，每到三社大祭时她就格外兴奋。他们全家都经常光顾饭田屋，就像走亲戚似的。而且山田家有个习惯，即每次看完相扑比赛，回来定会到饭田屋喝上一杯。

“有营养又便宜，我真的很喜欢吃泥鳅。有时白天也想喝一杯，那我就一个人上他家去。饭田屋比荞麦店门槛低多了。”山田小姐顺口说出的这句话，给我留下了深深的印象。

泥鳅火锅比荞麦面要便宜很多。

这是不是一句很有年代感的台词？问起来，山田的爷爷也非常喜欢吃泥鳅火锅，而且格外讲究：“我自己用一个锅，你们别碰。”他喜欢一个人弄一个锅。此外，浅草的另一家泥鳅店主人也说过类似的话：“以前的男人啊，很会调节火候呢。”

偷懒的人绝吃不到好东西。对生活在老城区的男人们

とせう
咔
咔
爽脆可口！
加上牛蒡，
还有大葱。

喝一口。
咕
我开动了！
呼——
呼——
嗯。
好清爽，
真不错！
就着葱花喝。
咕
五百円
八拾円
百円
千円
哇！

来说，懂得照料火锅也是一门手艺。

山田小姐受这些正宗老城男人的影响长大，她吃泥鳅的习惯是先点瓶装啤酒加炸泥鳅，即把泥鳅和牛蒡一起用油炸出来的食物。接着是醋渍鳗鱼，等嘴里爽快了以后，再要最想吃的泥鳅锅子。不用说她最喜欢的就是拿整条泥鳅放在锅里煮出来的“丸锅”。锅子里面装着已经煮软了的泥鳅、牛蒡片和葱花。与其说是吃泥鳅，不如说主要是吃浸透了泥鳅风味的葱花和牛蒡。我们按着自己的速度慢慢地吃着锅子，还把啤酒换成了桶装月桂冠清酒。

“其实还想再来几杯，不过还有工作要做。”山田小姐年纪不大，但带朋友来品尝泥鳅，就不能不考虑同伴的感受。她从小在这样的环境里长大，对老城专用的一些俗话懂得很多：“比方反应迟钝会被人叫做土包。倘若听不懂他们说的一些暗语行话，会被叫做傻妞啥的。”

“大中午的就喝啤酒啊，真有你的。”如果有人说这样的话，山田小姐便会立刻回答：“托您的福。”“那多吃点，多喝点哦。”遇到别人开玩笑，她也不生气——“吃这么多泥鳅补足了精神是要去哪里啊？”“保密。”一问一答严丝合缝。老城区的孩子懂得如何保护自己。

长久以来深受大众喜爱的浅草老饭店饭田屋，如今已经传到了第四代，店主叫饭田龙生，出生于昭和二十六年。他说：“平时从来不喜欢独自做些什么的人，到我们店里来吃火锅的时候就会想自己要一个锅，他们都很认真呢

（笑）。泥鳅锅能激发出一个人的责任感，是一种可以独自逞逞能的小火锅。”

虽说泥鳅锅是老百姓的吃食，没有什么严格的规矩，却也有一些讲究。

“首先不能一直煮，不要让锅一直煮。点了火之后，喝上一口酒就得赶紧吃了。这跟吃寿司差不多，做好了马上就吃。一些老客人还会只来吃个泥鳅汤泡饭。肚子饿的时候，跑来吃上一碗，吃完就走。”

饭田师傅休息天也喜欢一个人逛去别处吃些什么。

“无论男女，独自吃火锅，看上去都蛮酷的。前几天有个年轻人一个人跑来喝啤酒。让我们高兴的就是，听见他问：‘我只有一个人，可以进吗？’我们就回答说：‘当然，当然，您请。’这种对话，这种交流，令人愉快。无论如何我们这些生活在浅草的伙伴们都深深地爱着这片土地。”

不好意思，话说多了。就这么结束对话其实也蛮干脆的。一个人出门的时候很希望别人也能这样善解人意。

最后让我们看看山田小姐是如何结束这场饮食的吧，这也是她从爷爷那里继承下来的大丈夫做派——将新的汤汁加入已经吃干净的锅里，从小碟里挑出葱花放进去一起煮，葱花煮软之后，用筷子挑着吃。

“因为只放葱花进去煮，所以我爷爷叫它‘穷人葱花’。这种做法确实有些愧对店主，不过我一个人来的时候，最后都会这么吃。”

山田小姐说她第一次一个人喝酒，是上大学时，在山上宾馆酒吧里喝的玛格丽特鸡尾酒。自那时起，十年来她一边品尝泥鳅锅一边精进饮酒之道。按照老城的规矩吃完一锅泥鳅，要再去另一家店小酌。

一夜之间梅花开了，耳畔仿佛传来春天的脚步声，这样的天气仍不能太大意。当夜晚来临时，寒意逼得人还是很想吃一些冒热气的食物。

出于这个原因，今晚我来到了位于东京中野区的“第二力酒藏”。无论是店墙上满满的料理名还是料理的味道抑或店内的舒适程度，都显示出这里是中央线上首屈一指的饭店，也彰显着它长年不变的人气。店里为客人精心准备了供一个人享用的火锅。

我拉开店门，只见宽敞的店内座无虚席，而此时才刚过晚上6点半。所幸，店中央一个V字形的吧台还有空位，我赶紧在椅子上坐下，先点了一份煮豆腐和一壶热酒，顺便仰头看了看放在角落里的电视。

“今天终于迎来了私立大学的高考。”NHK的新闻如此报道着。不经意间已是考试的季节啦。醋味白子、炸牡蛎、银杏、凉拌鱼肉、海鞘和凉拌海鞘内脏、煮墨鱼、凉拌茼蒿菜、醋味海参、王八汤、煮王八……菜单上满是冬令美食。就在我慢慢地夹起店中著名的红烧鲳鲉品尝时，坐在我对面的一位上班族大叔（约摸46岁）面前摆上了一个小

火锅。

他点的是鳕鱼锅还是牡蛎锅抑或是河豚锅、老头鱼火锅呢？我向他那儿探了探头，凭感觉断定是老头鱼火锅，因为锅里放着鱼肝和味噌酱。只见他把领带往身后一甩，立刻进入角色。

今夜吧台上十个座位，有三个座位上的男人在独自吃着火锅。负责温酒的女招待（大约 33 岁）一会儿用勺子帮这个锅撇去沫儿，一会儿把那个锅里煮好的白菜分成小碗。

她就像一个跑龙套的演员似的来回穿梭，认真地为客人服务。我见她为客人做了泡饭并盛入饭碗的面容，如同观世音般慈祥。

在中央线沿线一个人吃火锅，与在道顿堀和浅草一个人吃火锅的感受完全不同——哪怕一个人任性地吃到最后还是会想撒个娇。这里的大叔如果全然无人理会，就会心生寂寞，总得让人帮着照顾一下，才能完全放松，微微然醺醺然。男人一颗动荡的心在白色的热气中一点点溶化。

听说我一个人去吃了河豚火锅，有个男人向我投来了近似责难的眼神。“太不够朋友了，就你一个人去的？”责怪我的就是大家所熟悉的Y田君。我把他得罪得不轻，无奈之下只好带他去一次道顿堀的“与太吕”。我让他一个人进去尝试一下河豚火锅，自己则转去吃鱼肉火锅，等着他学成归来。

一个半小时之后，Y田君从“与太吕”出来，一脸兴奋的神情：“哇，真的太好吃了。店里的大婶站在柜台后面很热心地告诉我，要先放白菜心，汤汁味道才会出来；汤汁有点咸了就再加一点进去之类的知识呢。”

这可真是好事。我想大婶（约45岁）一定是看出了他是第一次品尝河豚火锅，才热情地教他一些常识，倒让他大为感动了。

“您是从京都来的还是东京来的？”

“东京。”

“在东京吃河豚很贵吧？”

“非常贵，根本吃不起。”

“嗯，在东京吃1万日元的河豚和在大阪吃1万日元的河豚，是完全不一样的。”

听大婶这么一说，Y田君就立刻追问：“河豚我吃完了还能添吗？”

对方也毫不含糊：“光加河豚的话不行呀。但是可以连蔬菜和河豚一起加，就是有点不合算，蔬菜原本都是免费赠送的。”

如果点河豚肉火锅的话，会连带端上来一大盘白菜、茼蒿和金针菇，难道这些大阪人都叫免费赠送？大阪人这么算账真让人哑口无言。

第一次到“与太吕”吃河豚火锅的Y田君，吮净了最后一根鱼骨，沉醉在独自品尝河豚火锅的感动之中，而最让他难忘的还是最后吃的那一碗河豚泡饭。

“真是让我震惊。那个海苔，他们连着塑料包装一起揉搓，我简直惊呆了。不过，一旦把这海苔粉末撒在泡饭上，就和泡饭融为一体……”

他说他忍不住赞叹，小声地问店里的大婶：“好吃，太好吃了。这么好吃的泡饭都是因为河豚汤汁鲜美的缘故吗？”

“嗯，这汤汁是秘制的。”

道顿堀的夜深了。Y 田君一口气吃了四碗用河豚汤汁做的泡饭，且吃得一粒米都不剩。

与此同时，我正一个人在岛之内的“西玉水”享受鱼肉火锅呢。用新鲜的壬生菜和鱼尾煮出来的美味，是大阪特有的冬令美食。我要了一人份的鱼肉，咬上一口热乎乎的鱼肉，浓郁的香味一下子就渗入了整个牙龈。而生长在寒冷季节的壬生菜，柔韧又有嚼劲，再配上浇汁和生姜调味，更增加了一点刺激味蕾的效果，叫人吃完以后浑身上下，连骨头缝里都充满了热气。

“真是心服口服，”Y 田君一脸佩服的表情，“我真没想到一个人吃河豚火锅会是这么的美。”他扬言下次一定要去浅草尝尝泥鳅锅。

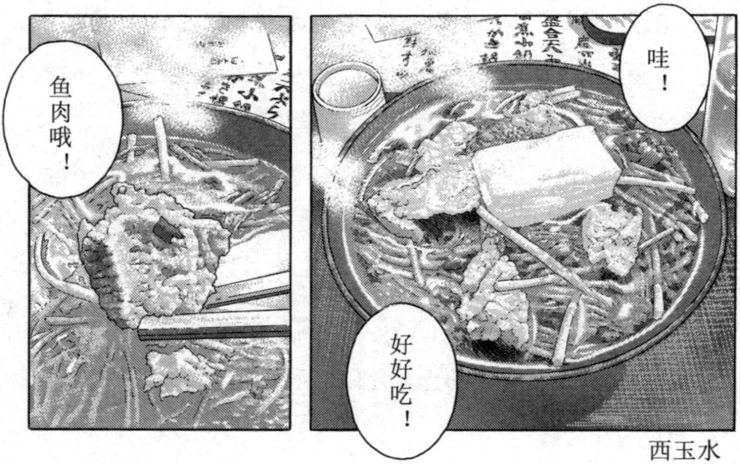

西玉水

享受片刻的欢愉，享受属于自己随心所欲的过程，就是一个人吃火锅的意义。没关系，还来得及，寒冷的冬天尚未离去，我们仍有一段冬日时光可以去享受如此的美食。

再会了，“聚乐台”

“喂，小升，这里，我在这里。”看到五个花白头发留小胡子的大叔朝自己举起手，小升赶紧气喘吁吁地跑过去。

“抱歉，抱歉，我迟到了，顺道去汤岛天神那儿转了一下。怎么？你们都开席了啊？”

“不好意思，来不及等你了。喂，小姐，我们这再加一杯生啤。”

“还有下酒菜来一份。”

“对啊，小姐，再来个炸海蛎。”

“对不起，炸海蛎已经不做了，到上个月为止。”

“那来份炸牛肉饼。”

“实在抱歉，能不能请您按照菜单上有的菜来点？”

“哦，那就两份炭烧意面，一份两面黄，再来个咕老肉和各种油炸食物的拼盘。”

“吃得下吗？你点这么多。”

紧接着他们开始了第二轮的举杯。此刻我左边坐的就是这六位大叔，他们一进门就高谈阔论。而我右边坐的是一位长相酷似伴淳三郎的爷爷，还带着一个孙子。爷爷在吃一盘荞麦面，孙子吃着冰激凌和松饼。

“好吃吗？”

“好吃。”

“是吗，那太好了。”

现在是立春之后的一个周六下午 3 点 50 分。我坐在上野的“聚乐台”。

聚乐台自昭和三十四年开张以来，一直矗立在作为上野地标的西乡隆盛雕像下面，至今已有半个世纪的历史了。店内靠窗有一百张座位，里面还有 200 个榻榻米座席，十分宽敞。室内天花板极高，走廊上有门灯，还有小水池和朱漆栏杆。这一定是模仿了太阁秀吉“聚乐第”府邸的设计，店内充盈着安土桃山时代的风情，店门口放置了很多公众澡堂才有的木制鞋箱。

不过，店内相当舒适，气氛悠然。整面榻榻米座席以红毯铺就，桌子与桌子的间隔也十分宽敞。客人可以不用在意旁人的目光，尽情地吃喝谈笑，其乐融融。我身边三位老奶奶显然已经相当放松了，她们不再盘腿危坐，寿司、蛋包饭和中式盖浇饭摆了一桌。可能她们吃完饭还会在座位上躺下睡个午觉呢。坐在我对面的是几个五十多岁的男女，他们正围着一位身着衬衫打着绳结的老者谈笑风生，貌似在开同学会。另外店里还有夫妻同来的，以及附近的上班族和单身的客人，大家一片祥和。我就像置身在大众澡堂内设的娱乐室一样，从来没见过比这里更放松舒适的饭店了。

第一次听说聚乐台这个名字是在昭和五十年代中期，当时我还是大学生。大家在学生食堂吃完午餐，住读生野口告诉我们："我平生第一次吃奶油焗饭就是在上野的聚乐台。参加高考那天，我跟妈妈跑来东京，穿着学生制服在那里吃了顿奶油焗饭，简直感动死了。哎呀，之前不知道听我婶婶说了多少回了。"

野口的老家在青森。她有个婶婶年轻时因为集体就职的关系在东京生活过一段时间，所以经常向她讲述"聚乐台"里琳琅满目的食物，什么西餐、寿司、天妇罗、奶油苏打，应有尽有，俨然一个都市里的天堂。新干线开通之前，东京站还没有成为始发站的年代，上野是通往北方的大门，也是北方人激动地踏上东京的第一站，令许多人怀念。因此，位于上野车站前面的聚乐台就有了特殊的意义。

"我把这事说给当时的男朋友听，他说，那种乡下饭店能有什么好吃的，下次带我去大饭店吃焗宽面条。不过那次吃的奶油焗饭真的很好吃，"野口接着说，"我觉得那里的料理都很好吃，因为那里是我第一次品尝东京美食的地方。”

就是这个原因，让聚乐台三个字在我脑海里留下了深刻的印象。不过一直没有机会拜访，直到几年之前我才再次听到了它的名字：“聚乐台的啤酒可谓全上野第一，全是从酒厂直接送来的，新鲜得不得了。”

听完这话我便迫不及待地上聚乐台去了一趟，一口气喝干了杯子里的生啤，真是味道好极了。除了啤酒我还点了油炸白肉鱼和扇贝，又脆又香，火腿色拉也是古早的味道。我看见旁边的大婶吃了一份奶油意面，面里放了青椒、洋葱、胡萝卜和火腿肠。这种味道对口味传统的人来说实在没有免疫力。

聚乐台里的料理既不张扬，也不强势，全部味道似乎都是“本来就是这样”的，完全不超越“普通”二字，叫人吃得安心。我这才知道原来野口那天所说的“东京的美食”指的是这个意思。

我不由得喜欢上了聚乐台。坐在店内，透过大玻璃窗看着上野广阔的天空，偶尔有电车从眼前经过，视野下方的十字路口人来人往。我手握啤酒杯，静静地凝望这一切，浮世的郁闷一扫而光。

有一回工作结束，同事五个人准备出去聚一聚。当时米其林引发的骚动让大家都有些畏首畏尾，所以我就提议上聚乐台感受一下舒缓的气氛。真纪女士一听就高兴地表

上野百貨店
喂——
这里这里！

报歉，我迟到了。
你们已经开吃了？
喂，
小姐，
来份意面，
再来个咕老肉和油炸食品拼盘。

示赞同：“哇，太棒了。我已经有三十年没去那儿了，最后一次去还是上小学的时候呢。那次是去上野动物园看熊猫，回家的时候爸妈带我去聚乐台吃儿童餐。不过老实说，还是高岛屋大食堂儿童餐里送的小旗子、小玩具漂亮。”

晚上7点，一行人兴冲冲地来到聚乐台，把鞋子随便放入门口的鞋箱，穿过榻榻米座席上已经酒食正酣的人群，顺着红毯往店内走，径直走到最里面找了个位子。当大家翻开菜单的瞬间，所有人都瞪大了眼睛。

“肉丁盖浇饭、炸肉串、鳗鱼饭、奶油蟹肉可乐饼、寿司卷、广东面。”

“天啊，这盘特别套餐简直就是全明星阵容嘛，我小学的时候好像还没有。蛋包饭加炸大虾加姜汁肉还有一份汤，才1100日元。”

“我找到火腿猪排了，还有饺子。”

“我肯定要选拉面和迷你咖喱饭套餐，再来一杯酒。”

真是够乱的，这群平均年龄48岁的大人太兴奋了。有人要咖喱饭，有人要天妇罗荞麦面还有奶油焗饭，完全没法控制局面了。我好不容易才把大家点的菜做了个整理，结果如下：

火腿猪排、炸肉串、凉拌西红柿、拌豆腐、香肠拼盘、奶油虾仁焗饭、肉丁蛋包饭、炭烧意面、油炸食品拼盘。还有给每人先来一杯生啤。

等菜都上齐时，我只能用一句话来形容：“简直像在做梦。”

第一次来聚乐台的老西，年过半百，他的眼里闪着激动的泪光：“小时候的梦想终于成真了。小时候每次去百货商店的大食堂，总是这个也想吃那个也想要，结果却总挨骂，那种痛苦跟掉进地狱里的感觉没两样。”

48 岁的朋美据说最后一次来上野吃饭，是在“精养轩”参加人家的婚宴，算起来也是 17 年前的事了。她也好不兴奋，说：“我也有些激动了。”

大家且冷静冷静，先干个杯吧。所有人迫不及待地举起了酒杯，响亮地碰了一下。不愧是号称全上野第一的啤酒，味道真不错。蛋包饭和奶油焗饭的味道也很正。就在大家七嘴八舌赞叹着酒菜的时候，翻看菜单的老西突然大叫了起来：“哎呀，这个‘西乡盖浇饭’是啥？”

这个嘛，我狡黠地一笑，凑了过去。

“西乡盖浇饭”可是这里最经典的一款料理。就是在米饭上放入红烧肉、炸鱼肉饼、地瓜天妇罗、鸡丁、明太子、菠菜，当中再来个温泉蛋。总而言之就是把和西乡隆盛有关的食材都放了个遍，是一款超有挑战性的料理。

“那我来接受这个挑战。”老西放出话来，谁也不能阻拦，我们又点了一份“西乡盖浇饭”。

（超级大。无法解释。强有力。）

我们被西乡盖浇饭给雷到了，瞬间败给了聚乐台。吃得太饱了，肚子都要撑爆了。大家摸着滚圆的肚子，又点

蛋包饭　945 日元

了一份香蕉船和三色冰激凌，友好地分而食之。就这么胡吃海喝，结账时每人才花了 5830 日元。夜色渐渐深沉。

到聚乐台去就能吃到各种各样的食物。西餐、中餐、日料、寿司，包括儿童餐、各种酒，一应俱全。这就是大众食堂的典范。只要去就一定能让你一次吃个饱，价钱还实惠。套餐、咖喱、炸猪排、盖浇饭应有尽有。大众食堂真可谓城市的宝藏、老百姓的好伙伴。

日本第一个大众食堂创立于关东大地震后的大正十三年，就是位于神田须田町的“须田町食堂”。创办它的是新潟县出生的企业家加藤清二郎。他将当时老百姓遥不可及的时髦西餐以简餐的名义推向市场，立刻获得了好评。他当时提出的口号是：“好吃、快速、实惠。”事实上这个“须田町食堂”就是后来聚乐台的前身。

第一代饭店策划人之所以将饭店选在须田町，是因为当时那附近有蔬菜果品批发市场，客流量很大。他的计划相当成功。不久人们就把在“须田町食堂”吃西餐当作了一个东京特色。经营者趁着这个势头立刻展开了连锁模式，公司发展得相当顺利，到昭和九年公司命名为“聚乐”。这是他们在新宿创建“食堂百货”时向社会大众征集来的名字，意思就是希望公司旗下饭店能成为“众人相聚娱乐的场所”。

而将饭店搬到现在这个地址，也就是“上野百货”大楼的二层和三层，则是昭和三十四年的事了。当时公司内部反对意见占大多数，大家认为借用快倒闭的百货店开饭店简直是无稽之谈。不过第一代老板执意坚持，事实证明他的决断是正确的，聚乐台取得了空前的繁荣。

“那个时候真的是不得了。逢到周末，开店之前门口就排起了长队，店门一开基本上就全坐满了。到了暑假寒假，

西乡盖浇饭　924 日元

更是每天都像周末一样（笑）。从早到晚都是扶老携幼的全家客。”昭和五十年代在店里担任西餐主厨的菅原治郎师傅回忆起当年的盛况称他们忙得真是连休息的时间都没有。店外的长蛇阵有时候甚至排到了上野公园的台阶上，一直延伸到西乡隆盛的雕像脚下。全家人到上野来看个电影，逛个动物园，参观参观美术馆、博物馆，回去时再到聚乐台吃个饭，皆大欢喜。做爸爸的来上一杯酒，当妈妈的吃顿久违的西餐，小孩子们享受一下儿童套餐。聚乐台就像一个娱乐的殿堂似的，将所有人的快乐一并奉上。

然而世间的风向也很快发生了变化。随着食物喜好的多样化，各种细分出来的专卖店开始登场，餐饮服务（连这样的新词也被创造出来了）的主流正好与“大食堂”背道而驰，大众食堂已经不再是时代的宠儿了。

即使如此，上野聚乐台也很争气。聚乐饭店营业部的木村文高先生直截了当地说：“自从我们在上野开张后，这里的营业额一直是创纪录的。光我们一家的利润就可以抹平其他店铺的赤字额。特别是一些节日的营业额。尽管上野已经不再是新干线的始发站了，但它仍是一些地方线路的终点站，遇到节日休假，外县的客人就会来到上野游玩。”

聚乐台里散发着节日的气场。它的怀旧感来自那些朱漆栏杆和小水池、木制鞋箱的乡土气，可一旦踏入店堂人就不由自主地兴奋起来，成年人瞬间回到孩提时代。

“聚乐台的传统就是让人享受到西餐盛宴的感觉。比方

在汉堡肉饼里加入炭烧意面，咖喱饭里摆上炸大虾，这些做法在家里是绝不可能有的。与此同时，店内的气氛又能让人毫无违和感地享受到在家休息的轻松惬意，比如到我们这里来，大白天的就可以喝清酒喝啤酒。这些经营方式都是我们自开店之初就一直在坚持的。”

听说聚乐公司在各地都有分店，不过每个店铺在料理种类、价格和服务上的方针都各具特色。像上野的聚乐台给客人带来难以言表的怀旧和亲切感，便是建立在大众食堂这个理念上，由这片土地和顾客共同营造的。在聚乐台你想待多久就待多久，它的悠闲自在是其他饭店所没有的。因为领略过它独一无二的魅力，所以我喜欢在参观完国立博物馆后上这儿来喝一杯，喜欢在不忍池散步时顺道来吃个炭烧意面和布丁圣代，聚乐台对我而言就是一个放松身心的好地方。

不过这些都止于今年的冬天。有传闻说：“上野的聚乐台将于4月21日关张。”

我暗暗担心的这一天终于还是要来了啊。

仔细想想聚乐台也可以称为一个奇迹了。比方我乘JR山手线经过上野时，看到上野百货店已经破败不堪，它这种坚持到底的姿态总让我心生痛楚。三层楼上曾经热闹一时的啤酒花园两年前就已经关门，徒留一片空旷。如今这最后的一个堡垒也将被攻破，不免令人惆怅。是啊，就这样，我又将失去一个心仪的去处。

时隔不久，我又遭受了第二次打击。那天早上，我啜饮着粗茶漫不经心地看着电视里的晨间新闻。什么？

“位于大阪道顿堀的‘吃翻天’于7月8日关张。”

那个大阪赫赫有名的“吃翻天太郎”也要退出大家的生活了吗？

吃翻天比聚乐台还要早十年创立，它在昭和二十四年就已经开张了。我在当时留下的照片上看到它曾是一座黑瓦的木造二层楼房，正门口挂着一个布帘，上面写着“美味百货店”的字样。店里不但提供西餐、日料、中餐还有冰啤酒供应。这些大众食堂的兴起源于唤回战后从一片焦土上站起来的人民脸上的笑容，是生活的一线光明。

终于，在平成二十年，这雄踞日本东西两方的大众食堂之祖都走到了尽头。多么具有讽刺意味啊。我不由得想慰问一下这走过了六十年风雨之路，终于迎来退休的吃翻天太郎，于是恬不知耻地坐上了新干线。

这一天，位于大阪南部繁华的道顿堀街市上的吃翻天太郎门前人山人海，大家轮流排队和店铺合影。不过，我发现了一个问题——大家只在门口拍照，并不进店。

别光拍照不进去呀。太郎偶人是为了招揽客人才放在门口的嘛。眼前的光景所显示出的残酷事实，实在令人失望。

吃翻天共有座席700个，是一幢八层楼的建筑。我走进一楼家庭食堂，翻开了菜单，先点了一个著名的“吃翻天猪排饭和迷你乌冬面套餐”，定价1280日元。和我同行的I小姐要了章鱼小丸子奶油焗意面。这是她在蛋包奶油焗饭、油渣乌冬面和炸大虾肉丁盖浇饭之间深思熟虑后的英明决断。我要的吃翻天猪排饭即在猪排上放进蛋包饭，再浇一层芡汁。而章鱼小丸子奶油焗意面则选用了章鱼小丸子和奶白沙司，也就是用了双倍的面粉，I小姐是想走搞笑路线才想到这么一记出奇之招的，她惊叫着：“咦？怎么搞成这样了？”饭后我们又叫了五个章鱼小丸子风味的泡芙冰激凌，定价315日元，我们拿出牙签插着吃。

直到第二天中午我们才品尝到了真正的大阪风味。我们与当地的朋友一行四人去吃了只用白糖、酱油和放凉的烫酒三种调料制成的京味寿喜烧。女招待熟练地将牛肉、牛蒡丝、豆腐、魔芋丝、口蘑、大葱放进架在煤气灶上的专用铁锅里，为我们烹调。

牛肉烧得很入味，牛蒡和青葱也很好吃。

“一个人才3500日元，哇，真的好奢侈。”

“我觉得我们好像在哪里旅行似的，瞬间穿越回了昭和时代。”

我们在古旧的细长大楼六楼日式房间里慢慢悠悠地吃着寿喜烧，彼此更加亲密，仿佛穿越了时空，身心愉悦。

“怎么感觉有点穿越了？”

“还真是呢，没想到现在还有这样的地方。我自己身在大阪也从没想过要到吃翻天来吃个饭。”不知谁嘟囔了一句。

“或者说是因为大楼门口的那个吃翻天偶人挡了道吧。”

再说什么都已为时过晚，7月一到，这间吃翻天就要跟我们告别了。

“现在的客流量已经维持不了我们的人工费和材料费开支了，而且顾客的层次也发生了大的变化，”吃翻天的董事柿木央久先生如此叹息道，“原因嘛，有很多。首先是因为大阪南部这片区域以前常见的小剧场大量减少了，所以看完戏顺道来吃个饭的客人也相对少了。”

就在吃翻天旁边的那家相声馆“B1角座”今年5月也已经不无遗憾地退出了舞台。

“而且大阪人最讲究实惠。东西好吃，价钱贵的话，客人是不会进来的。像我们这里的汤汁都做得很好，汉堡肉饼也全是我们用肉糜揉出来的。师傅们个个都很认真，只可惜客人不买账。顾客的要求与我们的想法存在一定的差距，所以经营上就慢慢入不敷出。再加上我们以家族模式经营，不得已才决定要关闭店铺的。”

吃翻天是第一代店主山田六郎以破天荒的异想天开开创出来的店铺，他的一时兴起为世间创造了大众食堂这个全新理念。但是吃翻天太郎终究没能抹平时代发展的代沟。它的退出甚至可以被看作是对道顿堀地区昭和时代的永别。我们满怀惜别之情品尝的这一份寿喜烧，口中满是战后重建时大阪商人坚强的味道。

东京上野，平成二十年四月二十一日。这最后的日子终于到来了。我心情郁闷地来到聚乐台，满怀感伤。

一切如常。我原以为可能会出现人挤人的混乱场面，便故意选择了下午 4 点半这个不伦不类的时间到场，而今天聚乐台和平时完全一样。我右边坐的大婶独自吃着炸大虾套餐，左边两个上了年纪的父子在吃炒面和松饼，我点了蛋包饭。如常的气氛让我惬意。

我身边的大婶一边往自己的炸大虾上浇沙司，一边跟坐在她右边的一对夫妻说话：“有点不舍呢。没想到今天是最后一天营业了。如果没有了它，我也就不用再来上野了。”

她身边的大婶也放下筷子，点了点头应道：“我看报纸才知道今天是最后一天呢，真是叫人震惊。我们结婚以前常来不忍池散步，顺道来这里吃饭，这里也该算我们记忆中的约会地点了吧。”

“是吗？这样的啊。”他们谈兴更浓了。

事实上，聚乐台的关张是因为他们租用的上野百货店大楼老化，必须要重新翻造。我们再也见不到这半个世纪来个性鲜明的大饭店了。

每当春天樱花盛开，我都会记起聚乐台里洋溢着和暖晴朗的气氛。大家到上野来赏花怀乡，把这当作人间的桃花源。熙熙攘攘的人群里，大家浮萍一般荡漾在粉色的春潮之间。虽然很细微，却是人人都能感到的小确幸。

“蛮不舍得这家店的，不过我并不悲伤，因为我在这里真的吃了不少美食。”大婶吃完了炸大虾套餐后，又笑眯眯地点了一份布丁圣代。

一百年两百年

“去南区吗？”霓虹闪烁，道顿堀川上跃动着人们高涨的情绪。只要往南区走，红灯笼、西餐、盐渍昆布、关东煮和烤鸡肉串就统统在那里等着你。道顿堀川便是流过南区的一条河。

道顿堀川是一条小河，从熙熙攘攘的南区流过，闪烁着温和的光芒。我喜欢站在桥上看河中微微荡漾的水波，被河面上流淌的古道人情吸引着，信步朝法善寺横丁走去。法善寺横丁在千日前的巷子里，是一处成人的世界。尤其是黄昏时分，一踏进巷内心中便一阵骚动。小石板路上洒着水，水挂不动尊佛像前香烟缭绕，抬头仰望，头顶上方是被各家招牌切割成碎片似的天空，自有一种情色的姿态。让我至今还恍惚觉得电影《夫妇善哉》（丰田四郎导演昭和三十年的作品）中的森繁久弥和淡道千景会从巷子的拐角处走出来 。

“夜色黄昏，这里是我千头万绪中，最后的圆满吧。”巷道边立着石碑，上面刻着作家织田作之助的这首诗。织田君！我真想学淡岛千景，不，是电影中蝶子小姐那样挥着手，天真地唤他。我今天要去那家“自由轩”吃咖喱饭。

《夫妇善哉》一书是织田作之助的代表作，这位作家大正二年出生在大阪上汐町一户送外卖的人家，33 岁去世。他一生都在描写自己对家乡大阪的热爱，对织田君来说天下美味莫过于大阪南区的饭食。书中维康柳吉带蝶子小姐去吃的就有晚上路边卖的土手烧、戎桥筋崇光百货旁边汤铺里的泥鳅汤、道顿堀相合桥东首“出云屋”的鳗鱼饭、千日前“达摩屋”的菜饭和酒糟汤、日本桥“章鱼梅”的章鱼以及法善寺内“正辩丹吾亭”的关东煮。全都是让人神清气爽的小饭店吃食。

“起先蝶子也纳闷维康君怎么会带自己来这种饭店，但听到他说‘怎、怎、怎么样？好、好、好吃吧？这、这、这么好吃的东西别处可吃不到’，再尝便觉得确实很好吃。”

两人在“出云屋”吃了鳗鱼饭，再去法善寺的“花月”听春团治讲相声。二人腹内饱饱，才觉察出他们笑着牵起的手里已满是汗水，不禁心头一颤。（写下这画面的织田君当时年仅 27，他如何能如此通晓男女间的微妙感情呢？）我也想像书中二人一样，先去出云屋吃鳗鱼饭，再往达摩屋吃菜饭，可惜这两家店铺早都已经关张了。

不过，没关系。千日前那家自由轩的鸡蛋咖喱饭还在。自由轩创建于明治四十三年，到现在已经经营了四代。那位几乎每天都去的无赖派作家也带蝶子小姐去尝过他们家的咖喱饭。

“听说自由轩的咖、咖、咖喱是整整齐齐撒、撒、撒在米饭上的，很好吃。”蝶子小姐因为柳吉私自拿走了她的存折，正怒气冲冲地想一个人吃顿咖喱饭消消气，脑海中却掠过爱人说过的这句话，一时将对他一而再再而三的放浪不羁所产生的恼怒都抛到了九霄云外，心中涌出一丝暖意，飞奔着回到爱人的身边去了。

然而，自由轩的咖喱饭非常辣，味道很复杂。他们的咖喱饭是将米饭平平地盛在白盘子里后再“整整齐齐地撒上”咖喱粉，颜色深褐。米饭中间有个凹陷，正好装进一个鸡蛋，让人过目不忘。我只要想起它的味道就忍不住流口水。他家的咖喱饭已经有一百年的历史了，每当我路过千日前的商店街，只有见到了自由轩饭店，一颗心才会平静下来。我翻了翻手边那本昭和四十三年出版的《大阪的美味》，看见上面这样写着：“如今的千日百货因为开设了乐天地游乐场而热闹起来，许多客人都纷纷前往游玩。而老一辈的大阪人都留恋自由轩，至今依旧门庭若市。自由轩的饭菜价廉物美且营养丰富，为大众所熟知。”

乐天地是大正三年建成的圆形室内游乐场，昭和年代后改为“大阪歌舞伎座”，之后又成了“千日百货”，在火灾中被烧毁。之后重建为“难波春天百货”，现在是“BIC CAMERA”。自由轩周围已经今非昔比，而它茶色的门帘仍在，如今依旧人来人往。自由轩就是这样一家老少咸宜的大众食堂。

我每次一拿起勺子，便会犹豫该如何对咖喱饭上的那个鸡蛋下手呢？是一开始就把鸡蛋捅破，还是吃到一半再把鸡蛋捅破混在米饭里？还有沙司该如何加呢？什么时候加？加在哪？加多少？不同的吃法会改变咖喱饭的口味，所以在自由轩吃咖喱一点不能马虎。我属于“先捅鸡蛋，吃到一半再加沙司，让美味翻倍”的一派吃法。不过被人家好好教训了一顿：“我们家的咖喱饭就得趁热吃，一磨蹭味道就变了。你那么小心翼翼地拌着吃可不成。”

第二代店主的三女儿，年轻的老板娘告诉我传统的吃法应该是：“先把鸡蛋跟咖喱饭拌好，再一点一点地加沙司。你平时是怎么吃鸡蛋拌饭的？白饭拌上鸡蛋后再加酱油，对不对？咸辣的口味会被蛋液中和，再吃点蔬菜色拉，味道就调整过来了。如果这样还觉得辣，就放点橙汁。”纯子从小吃店里的咖喱饭长大，几十年来每周吃一两次，连她自己都成了自由轩的粉丝。

自由轩的咖喱是他们家代代相传的味道。第一代店主因为认识了一个跑远洋船的船长，听他说过咖喱饭的做法，便请他在英国买来咖喱粉。将煎过的肉和蔬菜、鸡架煮上两天，再加上咖喱粉和自家做的番茄酱，就成了自由轩的咖喱饭。这种做法从饭店创建时一直沿用至今。他们一开始就将材料拌入米饭，是因为这样做吃起来方便，米饭又不容易凉。而往咖喱饭里放入当时还很珍贵的鸡蛋，是因为他们想给当地的客人增加些营养。所有这些都是创始人的主意。

“我父亲是第二代店主，他在30年前，67岁的时候过世了。他常说的一句话就是，有人才有财。不要以为什么事情光靠你自己就能办成，必须得依靠店里的每一位员工。所以我每天早上9点进店，一直在这里和大家一起工作。每天都将到店的客人当作上宾，这样日复一日我们的饭店才坚持了100年。”

价廉物美对南区的饮食店来说是很普遍的事。自由轩想在这个竞争激烈的区域存活下来不被淘汰，并且保证一定数量的客流，只有依靠“全家共同努力”。

“我们用的鸡蛋也是最好的。批发商都为能给我们供应鸡蛋而感到自豪呢，我们也确实很感谢他们。”

顺便说一句，自由轩店内挂着织田作之助的照片，相框左右各是这样一句话：“虎死留皮。织田作死后留下咖喱饭。”这到底是谁的名言呢？“我父亲写的，人家都以为是织田作写的，其实不是，是我父亲想出来的。”不愧是自大的大阪商人啊，能用上的资源一点都不浪费。即使跌倒了也不会随便就站起来。

大阪不仅是全天下最讲究吃的城市，也是最讲究穿的地方。如今以角座、中座为首的五大剧场已退出了时代的舞台，曾几何时道顿堀也是无人不知无人不晓的戏剧街。每当新戏上演，剧团老板娘们就身穿华丽的和服，打扮得漂漂亮亮的，在道顿堀各处做宣传。弘化元年（1844）创立的道顿堀章鱼梅现在依然保持着当年的这种风气。这是一家做关东煮的饭店，常来的客人里不但有看完戏准备回家的戏迷，还有许多戏剧界人士。它就是电影《夫妇善哉》中那个日本桥章鱼梅的总店。

这里的关东煮，字面虽有关东二字，却不是那种酱油味的正宗关东煮，而是以汤汁调味的关西风味。据说这种汤汁味的关东煮是在关东大地震后，以赈灾的形式从关西传到关东去的。总之，章鱼梅是大阪地区关东煮之王。我第一次踏进这家店还是二十年前的事了，坐在U形的老旧吧台前，便已经醉了——

一位古雅的老人拿着一双筷子站在煮得直冒泡的大锅前，翻动着各种煮好的食物。客人们则握着锡壶自斟自饮。店里雾气蒙蒙，软声细语的大阪话随处可闻，不经意间还看到一位熟悉的相声演员正坐在角落里独酌。我把煮得透透的魔芋、油豆腐、芋艿、鸡蛋、油炸豆腐团放进嘴里，立刻触到了人情味十足的古早滋味，奢侈感刺激得连杯中酒也更觉美味了。

然而，这家店早已关张。每次我路过道顿堀，都会有些惴惴地想知道这间已经没了灯光火影的章鱼梅究竟发生了什么。之前读到开高健写的一句话："无论什么时候去，它都在那里。永远不变的就是最珍贵的。"终于，到了平成十九年，关门五年后章鱼梅店铺前的门帘又挂了出来。原来是第五代店主冈田哲生辞去了白领工作，重新担当起店铺的经营，保留了之前章鱼梅的一切风貌。

时隔多年，我又一次踏进了章鱼梅的店门。如今的道顿堀已经没有了戏剧街的踪影，周围沧海变换，而我伸手拉开章鱼梅的格子门，店内的情景却依旧如昨。怀旧之情瞬间涌上心头，只感觉吧台一隅雕花栏杆上的宝珠装饰色泽更加艳丽、深沉。听说喝醉的大叔们都会情不自禁地抱住这个宝珠不放，可谓道顿堀一宝。

"来杯啤酒，还有章鱼。"

"好嘞。啤酒和章鱼来了。很好吃哦。"

我望着锅里煮得直冒泡的关东煮，先喝了一杯。咬一口店中秘制的甘露煮章鱼串，舌尖立刻触到了浓浓的香味。哇，这滋味，令人身心愉悦。

孜孜不倦160余年，五代店主都以同样的姿态用心煮好相同的口味。章鱼梅卖的酒是"黑松白鹿"。如果要烫酒，店里就会装在特制的锡酒壶里和锡酒杯一起端上来。酒壶是双层的，里面的酒不容易冷，为的是让客人能浅酌细品，而非大口干杯。这些都是大正时代的遗风。

“现在经济不景气。我考虑的不是降价，而是如何在提升两倍价格的情况下也同样能招来客人。等他们吃完离开的时候若能对我说一句谢谢，就最完美了。”

坚持不懈地提供最好的服务，这才是最具有人情味的经营之道。说到这，我不禁想起法善寺横丁“夫妇善哉”店里的红豆沙，他们特意将一人份分成两个小碗拿出来。坐在榻榻米上的柳吉君和蝶子小姐，一人捧着一碗热气腾腾的红豆沙，这时柳吉君有些得意地说：“你知道这、这、这里的红豆沙是端两、两、两碗出来的吗？不知道吧。这里以前是一个叫什么太夫的唱净琉璃的师傅开的店，他觉得装上满满的一大碗给客人，看起来不如分成两个小碗给客人的量多。这主意妙吧。”

蝶子此时心里恰巧想的就是：“无论如何结成夫妇总好过单身。”

在电影的最后一幕里，男女主人公吃完红豆沙走出店外，法善寺横丁飘起了雪。淡岛千景将自己的披肩披在了深爱的浪荡子森繁久弥身上，相互依偎着穿过水挂不动尊佛像边的小路。这种化辛苦为动力的生存姿态正是大阪老百姓的写照。

织田作之助将大阪南区的美味与大阪市井中倔强的人群交相辉映，传达了美食即是人生的绝妙滋味。车到山前必有路，不要把什么都说得那么恐怖。大阪人传承着这样的乐观精神，连南区的美食也一如既往地冒着腾腾的热气。

出了地铁站，我来到靖国通和白山通交会的十字路口。这里与往常一样车水马龙，我站在路口等红绿灯，看见神保町的天空宽广辽阔。今天我打算穿过铃兰小路去看场老电影。之后再去“SABOURU”读一会儿我带在身边的书，然后逛逛旧书店。如果肚子饿了就去“ETOPOUZU”吃饺子喝啤酒，或者上“扬子江菜馆”吃碗冷面，再或者去“共荣堂”或“埃塞俄比亚”吃咖喱饭也可以。不，还是去“RANCHON”吃热乎乎肉汁鲜美的炸肉饼。我被这各式各样的选择诱出了食欲。

神保町是一个有着多重面貌的区域。它既是书店街又是剧院街，还是乐器街、体育用品街，同时也是学生街。在神保町附近有许多大学、专科学校和出版社，街上有许多便宜又可口的小饭店。旧书店大约是在大正二年时集中到这一带来的。大正火灾发生之后，这一带化为焦土，旧书店的出现带动了此地的发展。我听说在二战中美国人因为爱惜这里的旧书文化，不忍烧毁宝贵的文化遗产，便将这一片划作禁止轰炸的地区。每当我在这条书店街徜徉便仿佛掉进了知识的海洋，禁不住热血沸腾。

不过研究德国文学的高桥义孝先生对此似乎不太满意，他说：“从前的神田现在全被划入了千代田区，也许还有一小部分被划出去了。像我们这种神田出生的人，都不太喜欢千代田这个区名，太温吞了。政府改换东京的旧区名实非善举。有什么必要改呢？类似地名、人名这样的，不应该随便改。”（奥野信太郎编《东京味觉地图》河出书房新社、昭和三十三年刊）

说实话，神田周边确有许多地方用旧名来读会比较有趣。首先是“神保町”这几个字的发音，节奏轻盈，声音悦耳，提到它就让人有说走就走的冲动。

无所事事，只是看着自己喜欢的街道、喜欢的风景发呆也会让心平气和。我特别喜欢的一家店铺就在神保町十字路口的附近，是一个名叫RANCHON的啤酒屋。我喜欢从它二楼的大玻璃窗边俯瞰街景。创立于明治四十二年的RANCHON，意为午饭。当时这附近饭店比较少，所以大家都管它叫西餐馆。这个称呼有些笼统，所以常来吃饭的学生们给它取了个新名字叫RANCHON。它至今已有101年的历史了，可谓神田神保町地区雷打不动的老店铺。从它家二楼俯瞰楼下旧书店的风景实在是件美事。若恰逢晴朗的午后，坐在窗边，边欣赏楼下的风景边喝啤酒，那滋味真是妙不可言。

下酒菜可以选店里拿手的炸肉饼或者自产的火腿。总之好吃的东西店里应有尽有：猪排三明治、蛋包饭、肉酱盖浇饭、虾仁奶油焗意面、炖猪舌。令人高兴的是店里还备有许多清酒可供选择。说是啤酒屋，其实它更有古早西餐馆的风情。我认真看了一下菜单，发现其中有一行字写着一个很怪异的菜名，就是牛肉派，即用制作派的面皮包住炖牛肉，再烤出来吃的一种食物。实际上这道菜起源于昭和四十年，是店主与一位作家商量之后创作出来的。

那位作家每周三中午11点半，店门一开就会走进来。他身穿考究的大衣，戴着帽子，好一副绅士的气派。他推门进来后，一般先脱去大衣，再洗干净双手，最后才缓缓在椅子上坐定。此人就是吉田健一。因为他每周三在附近的中央大学教课，所以上课前几个小时他都会在RANCHON。比方与负责小说的编辑碰面、交稿、收稿费，有时还会连续接待几位访客。RANCHON俨然成了他家的另一个接待室。据说他生性好饮，每次先喝三四杯啤酒，再把立顿红茶掺进威士忌里接着喝。他通常在店里和人聊天到下午3点，当中却从没有断过酒。3点后他要去大学上课，可走出店门时已经酩酊大醉了。

“他不停地说话，光喝酒，一点东西也不吃，”第三代店主铃木一郎回忆着当时的情景说，“因为他忙于说话无暇顾及食物，点的菜总是剩下。所以有次他说‘做一些让我吃起来方便的东西吧’，我们又知道他喜欢炖牛肉，才下功夫研究出了这道炖牛肉派。”

炖牛肉派有十几厘米长，用手抓着就可以吃。尝一口刚做好的牛肉派，就能感觉到煮得软软的牛肉和蔬菜柔顺地滑入口中，味道十分特别，用料非常讲究。然而，这道菜可不单是一个文人任性的产物。

昭和五十年，RANCHON遭了火灾，不得不歇业两个月。

店家在一片废墟上连日重建、改造。据说这期间吉田健一也依然每逢周三中午 11 点半就到店里来，看一眼店里施工的状况，然后满意地离开。

“我父亲和吉田先生非常投缘。尽管出生和成长环境截然不同，但是我父亲从来没有把先生和其他客人区别对待过，也没有给过他什么特殊的照顾。他们两个人就是特别对脾气。”

这两位男人心照不宣的交往始于昭和三十年，后来一直持续到他们过世。我每回到 RANCHON 也觉得这家饭店有一股说不出的人情味，所以每次到神保町，都会顺道过来一趟。今天我还是想喝他们家的啤酒吃他们家的炸肉饼。

神田出生的人都有本地人的气质。落落大方，做事干脆，身上收拾得干干净净的，走到哪儿都透出“我是神田人”的气场，叫人喜欢。江户三大节日之一的神田祭就最能让人感受到神田人的这股风气。神田祭当天清晨，全街区的居民团结一致，抬出供奉有神田明神的神轿准备巡游，自架子工腹腔内发出的整齐号子声正是居民们平日矜持态度的回应。这小小的虚荣也很酷。我走在神田的街道上总能感受到这种清爽舒适的气氛，恐怕原因也就在此。

顺便提一句，前文中的义孝先生还写过这样的文字：“在我看来，神田可以分作两大区域。一是神保町周围，另一个是以须田町十字路口为中心的周边区域。”

从神保町大约走 10 分钟，就是淡路町和须田町的地界。这里至今保留着江户、明治时期旧神田的风貌，是无法以金钱来计算的美食天堂。

比方说，这里有从江户时期就有的“竹叶卷寿司”（元禄十五年创立）；经营老头鱼火锅的“伊势源”（天保元年创立）；保留明治时期风味的则有荞麦面“松屋”（明治十七年创立）；“神田薮”（明治十三年创立）；鸡肉寿喜烧“牡丹”（明治三十年创立）；“志乃多寿司”（明治三十五年创立）；洋食“松荣亭”（明治四十年创立）……光列举这些店名，我已垂涎三尺。据说这一带奇迹般地逃过了二战时东京大空袭的炸弹，都是因为这附近有一座尼古拉教堂的加持。不过这个传闻至今没有得到证实。

神田美食最大的优点就是不造作，口味有点重，但和山手地区比起来一点都不虚浮，让人食毕心情愉快。这附近曾有很多蔬菜市场、布料店、洋装饰品店以及电器产品的批发商，做买卖的人来人往好不热闹。因此，周围大大小小的旅馆也非常多，可以说是蓝领阶级的天下，饮食业的口味当然不能定得太高端。

“这附近有很多饮食店。因为有许多人专门上这里来吃饭，所以也被人称作‘专门来横丁’。”专营荞麦面的松屋第三代店主小高登志，生于昭和七年。他不愧是神田的活字典，对神田在东京独占鳌头的昭和二三十年代的情形了如指掌。“我觉得神田就是江户文化的代表。生活在这里的男人们不但会唱江户时代的谣曲，还会江户小调、三弦和河东节。而且这附近还有很多山手地区没有的电影院。”

松屋和神田薮两家荞麦店做的面汤味道都很正、很咸。舀一勺面尝尝就能吃出汤汁和酱油的风味。不管是一屉凉面还是一碗汤面，分量都很足。这种大众口味的荞麦面深得人心。

第三代店主在昭和三十八年时将店里机器生产的荞麦面全部改成了手工擀面，自此无论是面还是汤汁的味道都再也没有变过。这几年荞麦面有口味偏甜的趋势，松屋却始终保持着原先神田地区的口味。今天小高孝之继承了店铺，成为第四代店主，他出生于昭和四十年。

“荞麦面这东西，汤有汤味，面有面味，平衡好两者的味道才能做出好吃的荞麦面。如果改变了其中一个的口味，那另一个也得跟着变。”这不是店主固执，而是稍一马虎就有可能功亏一篑，所以一点都不能偷懒。客人们正因为感受到店家的这股劲头，才会在工作间隙，或是结束了一天辛劳的傍晚，掀起店家的门帘，进来吃碗荞麦面舒缓舒缓精神。作家池波正太郎就是一位这样的客人。他在神田附近边散步边享受美食的情形如此熟悉——先点一份生鸡肉蘸芥末，再要一份紫菜海胆卷，配上一杯酒，完了又要一份荞麦面。

“池波先生总是在客人不多的时候来，他真的很照顾我们的生意。他非常懂得体谅别人。如果没有池波先生的光顾，我们店可能维持不到今天。”

之后我又去了附近的甜品店“竹村”。

“一踏进神田须田町的竹村，就能感受到东京小豆汤店的古早气氛。无论是小豆汤的味道还是店员的待人接物，都那么稳重淳朴。”(《古早的味道》新潮文库)

年轻的时候到女客较多的甜品屋去总会有点胆怯，花甲之后就完全不顾忌店里到底是有女客还是有孩子了。池波先生这么写无疑有为自己开脱之嫌，不过我读着还是会心地笑了。

竹村于昭和五年创立，主要经营蜜豆冰、甜凉粉、白玉团子这些朴素的昭和年代的代表甜品。他们店里的招牌菜是用香油炸得香香的炸豆包，秋冬季还有丰满圆润的板栗小豆汤。在竹村有时会看见男客们结伴而来，这在别的店是很罕见的。也许是要去客户那儿拜访吧，白领男拎着这里的炸豆包当件手礼也很契合。

无论所处的地区如何保护古早的风味，若不想跟着时代随波逐流，固守自己的甜品口味，也并非易事。当我站在店门口，看着这座入选为东京历史建筑物，目前已很稀有的三层木造日式房屋，心中更能感受到店家为之所付出的努力。这所房屋丝毫没有豪华的装饰，整洁稳重的结构保持着战前的风貌。我伸手去拉格子门，便能感到木门的滑润，这应是店家日日维护的结果。进到店内，只见桌椅整洁，碎石铺路。第二代店主堀田喜久雄自父亲手中接过店铺，便坚持自开张初期传下的经营理念，不做改动。

“其实我们也没有做什么与众不同的事。只是战后那几年白糖供应受到管制，父亲吃了不少苦头，不过我们还是挺过来了。我接手经营以后每天都得亲自尝试煮好的豆沙，不想改变父亲传下来的口味。”

竹村甜品的口味就是日本人所经历过的昭和时代的滋味。我对他们细心地维护修缮战前的这座老建筑所做的努力向店主表示了钦佩。崛田说：“这没什么，本来就是我们分内的工作。”

不冒进，将交到自己手中的任务尽心尽责地完成。竹村店里的这种气质完全反映在了他家的甜品里。我还注意到一点：大阪口味也好神田口味也罢，他们各自所处的地域不同，人的性格也有差异。而这传承了一百年两百年的味道却都是一家人一家人薪火相传的结果。味道这东西离不开人的一双手，一旦脱了手，就会像漏出指缝的细沙一样永远收不回来了。

啊哈！
这里变化好大呀！
真的……这里还是千日前吗？
宝くじ
自由軒
到自由轩了。
好怀念啊。
好了，吃什么？
当然是咖喱饭啦！
名物カレー
咖喱不愧是招牌！
织田作之助的口味真与众不同。

嗯，
来啦。
自由轩的咖喱饭，
铺得满满的。
唔。
好吃！
还是老味道啊。
太好吃了！
说来也是，
咱们吃的第一顿大餐就是这个。
柳吉，
有烤布丁哦！

哇——
真的假的？
快看，
那不是章鱼梅吗？
啊，
以前常吃那家的关东煮。
哇！
真香！
牛蒡、魔芋，
还有鱼竹轮和鸡蛋。

厚厚的鱼饼，
山芋！
呼
呼
呼
这是？
和大叔做的一样！
好鲜美。
唔。
好、
好吃！
哇！
这个味道也没变。
酒温怎样？
哈哈！
简直绝了！

在祈求什么？
呵呵，
说出来就不灵了。
对了，
要不要吃点好吃的？
那儿，
怎么样？
哇，
好像不错。
看，
来了！
是这个吗？
对了，
你知道这里的红豆沙，为什么要分成两碗吗？

哦？
我知道！
呼。
嗯？
这里以前是一个叫什么太夫的唱净琉璃的师傅开的店。
咕噜。
比起一大碗，
还不如，
分成两碗看上去量更多。
这个点子很不错吧？
咕噜。
你怎么知道的？
笨，不是你告诉我的吗？
无论如何结成夫妇总好过单身。
真好吃！
多谢款待！

结语　成为一道风景线

我喜欢在居酒屋里喝酒，也喜欢从店外眺望里面的风景。透过一扇扇的格子窗，或者从客人进出时拉开的门缝里，望见夜幕降临暮色迟迟，店中橘黄色的灯光如温柔的雨洒遍店内每个角落。仅此一幕便让人幸福满满，况且灯下人影攒动，传递出熙熙攘攘的热闹气氛。就这么匆匆一瞥，不，也许正因为是匆匆的一瞥才更能高度浓缩眼前的风景吧，一瞥之间即被温柔击中，每次心中都有说不出的感动。于是乎，悄悄离去后，仍记挂着这般光景，想拿这幸福下酒，在别处痛饮一杯。

无论是居酒屋、西餐店，或者烤鳗鱼的铺子，诸如此类的热闹场所，当你打开它们的大门，就意味着你自愿成为幸福风景的一个组成部分。投身到美好的景物中去，自己也便会成为它的一分子，与风景同步调共呼吸的瞬间也叫人愉悦。

而美好的景物亦多种多样，这又是一番情趣。

我偶尔会去一家藏在小巷深处的中国餐馆，店里大婶的态度粗鲁又生硬。就算我已经和她打了几十年交道，仍无法与之亲近，总觉得两个人之间隔着一层什么似的。

“欢迎光临。”她冷着一张脸，而发音却很认真，我回她一句：“你好。”

我们俩的会话仅限于此，就连点菜也总在套餐和面条之间任选其一，自然就减少了交谈的机会。吃完饭出了店门，我说一句：“谢谢款待。”对方简单地回一句：“谢谢。”

回回如此，而我却很享受。少了过度的客套，让我一身轻松，所以才常来常往。那女人态度粗鲁生硬，却并非坏脾气，她自有一套处事原则。小店虽不似其他家庭饭店那样干净整洁，料理的味道却一点不含糊，价钱也便宜。整个店铺自然又淳朴，我实在挑不出它的毛病。如果不信的话，你随时都可以上他家看看，保证每次店里都坐满了客人。当你走进圆形的店门，坐在铺着红色塑料布的桌前，看见身边的大叔正埋头稀里呼噜地吃一碗担担面，你一定会打心里觉得这家店不错。

想要成为幸福风景的一部分有时候也并非一定要身在店内。比如说掀开门帘，站在店铺门口买一包吃食，也能感受到店内的环境和气氛。就像我在东银座小巷里的兆子屋门口，买刚炸出来的可乐饼三明治和牛肉饼三明治那次一样。

“来一份可乐饼三明治。”我站在店门口喊一声，穿白大褂的小哥就乐滋滋地将可乐饼放入滚烫的油中，把它炸得金黄香脆。他看准时机，用漏网把可乐饼从油里捞出来，沥干，身边的大婶便迅速地将其放在一片面包上，淋沙司，再盖一片面包，餐刀一起，三明治咔嚓分为两半。大婶将三明治装在套着橡皮筋的蓝色方纸包里递过来，纸包里热乎乎暖烘烘的。

我拿着纸包按心里盘算好的那样，快步跑去附近的公园，在长椅上坐定，取出三明治张嘴就咬。这时心中涌现的幸福感多来自刚才亲历的一幕一幕。站在兆子屋门前，看着炸好的可乐饼在金黄色的油泡中被染成好看的金色，那一刻我仿佛回到了童年。四十多年前，我拿着零钱和小篮子，帮家里去肉铺买东西时也曾用同样的眼神和姿势紧紧地盯住油锅里的可乐饼不放。

此外，地处银座中心地段的屋顶啤酒花园也让我目眩神迷。当我手拿生啤仰望夏夜的星空，便会生出今夕何夕、此地何地的疑惑。这不只是楼上楼下，几百米的高度之差带来的惶惑。我平日走过人潮汹涌的银座四丁目，仰头望见的天空应是银座这座大舞台上肃穆的背景，而我此刻置身啤酒花园望见的天空则全然不同。那夜的天空宛若滔滔奔流的大河，纵横无尽又包罗万象，甚至令人震惊。没有来啤酒花园之前，我做梦也没想到银座上空居然还有这样一方与众不同的天宇。虽然啤酒花园的面积并不大。

饮食放浪在城市的各个角落，让我领略到许多别于平日的风景。然而若只是匆匆行过，便不会在心中留下痕迹。于是我努力地成为一道幸福的风景线，怀揣着这个梦想将自己投身人间，淡然地品尝世间的各种滋味。美食这东西总是过于热情，稍不经意便将我裹挟。尽管味觉是一种主观的感受，而将自己变作其中的风景一道来品尝，便可以藉此看见城市本来的面目和社会的底蕴。这一点哪怕就是吃一块250日元的可乐饼，也能够体会。

本书由原本在《全读物》杂志上《一种滋味》栏目里连载的文章结集而成。我尚未对承接此书插图的谷口治郎先生表达过谢意，他笔下的一个线条一片空白都给予了文字无法传递的魅力，在此致以由衷的感谢。书中时常登场的Y田君即《全读物》编辑部的山田宪和先生，感谢他大公无私地扮演了一个吃货。同时还要感谢石冢智津先生、照片部的深野未季女士、夏本麻美女士，以及将此书结集出版的第二出版局林晓先生。在此一并致谢。

近日天气日趋寒冷，又到了吃火锅的季节。想念大阪的章鱼梅和与太吕的蒸蒸热气。我坚信美食的世界必定存在最美的风景。

2010年冬　作者

后　记

看到这则新闻的时候，我正在本所吾妻桥的居酒屋。当时我漫不经心地瞥了一眼放在角落里的电视机，电视里正在播放从直升机上拍摄到的火灾现场报道。看了一会儿，终于了解到火灾的详情，事实令我愕然。发生火灾的是位于神田的“神田荞麦面”店。怎么会这样？我双眼紧紧盯着屏幕上被火势包围的建筑物，完全无法相信眼前的一切，想起那个趣味盎然的小店，胸中顿觉堵得难受。这个已有130年历史的老店，曾幸免于东京大空袭，又度过了泡沫经济时代地价疯涨的危机。这座坚守着传统屹立至今的历史建筑难道真的就这样消失了吗？如今神田须田町仅存着一角古旧遗迹，而那店铺也是珍贵的老式建筑，怎么会就这样灰飞烟灭了呢。我低下头喝干了手里的酒，面对如此场景只能默默向它敬上一杯了。

总觉得永远都会立在街角的那些东西，有时也会凭空消失，这就是世间的规则啊。我这么安慰着自己，可心里仍掩饰不住遗憾，惶惶然凄凄然。倘若消失的店铺又恰是我经常光顾的，便更觉得像是掏空了自己身体某一部分般难受。即使曾经共度良宵的朋友、光阴、味道、记忆仍在，如今也将画上句号，终难再续。我只好无比怀念地回忆着那些被分割的记忆碎片，心中无限伤感。类似的情形也许每个人或多或少都经历过吧。

于我而言，今春已亲历过不少离别。其中之一是一个经营了六十年的酒吧的关张。尽管是家人为了年已 80 的老板娘身体着想，她本人也觉得是到了该退休的年纪，才做出了这个决定，但收到消息之后的三个月，小店里真是反响空前。到底是一家经营了六十年的老店啊，光常客的数量就不得了。还有一些久违的客人、一些听到传闻后初次来访的客人、为将老店记忆分享给更多人而每天呼朋唤友前来的客人，他们一连数日占据了酒吧的各个角落，使得店内一派欣欣向荣的景象，有如著名影院即将关张时的客满盛况。然而，这间酒吧宽大的吧台前往常不过坐着三三两两的客人，是一间十分安静的小酒吧。也许也有一些客人宁愿静静惜别，而现在，热闹的气氛成了告别的主旋律，温暖地包裹了整个酒吧，唯独柜台内的老板娘一如既往，言行优雅地接待着来往的客人。现在想来，那节日般度过每一天都是满满的幸福。因为这三个月其实是众人慢慢让自己接受别离的仪式。

我在《再会了，“聚乐台”》里所描写的也是这样一种缅怀的情绪——对于那些我们熟悉的东西，我们常常固执地以为它会始终在原地伫立。那些经常光顾的店铺，我们也不能预知它的未来。比如《来吧，今日又是啤酒甘醇》中写到的老牌啤酒花园麦羊亭，去年夏天也因为大楼改造而停止了营业。曾经每个夏天都会光顾的地方，如今只要一想到今年再也无法去那儿喝上一杯时，心中便不免惆怅。因此我想将它们全都铭记在心中，宝贝似的珍藏。就算聚乐台在大楼改造后以商铺的形式进驻，并重新开张，但也完全不是当初的样貌了。

然而，离别也并非都是伤心。比方说在《银座三明治》一文中介绍的七家超级美味的三明治小店，其中浜之屋-parlour曾在2011年12月歇业了两个月。后来听说更换店主之后他们重新开张，我担心原来的那个鸡蛋三明治是不是不会再有了？水果三明治呢？吐司呢？也都不再有了吗？心情十分沮丧。可当我找机会战战兢兢地再次踏进重新开张的店铺后，天啊，之前那些口味纯正的三明治、带着昭和时代风气的菜单，包括古早风的砖红色桌椅都依然如故。我难以置信地向店里的服务员打听，被告知如今的店主正是因为喜欢原来店铺的风格，才决定保留住这里的美食和风味的。尽管店里已经看不到穿着白衬衫打着领结埋头做三明治的大叔和待客的大婶了，但站在吧台后边意气风发的年轻人正忠实地再现着浜之屋 -parlour 原来的风味。这里的鸡蛋三明治仍旧烤得松松软软，里面夹着热乎乎的煎鸡蛋。朋友们都十分怀念那小太阳似的美味，所以每次去有乐町都还会再去坐坐。

有些味道保留了一百年、两百年；有些味道原以为可以保留一百年、两百年，却中途失传了；还有一些味道凭借料理人的坚定意志又被复原了。就在神田荞麦面店发生火灾的第二天，我偶然翻开一张报纸，看到了荞麦面店第四代店主的投稿，不禁感慨万千。报纸上是这样写的：“不是传统创造了美味，而是技术创造了美味，店铺重建以后我们还会向大家提供原汁原味的美食。”日本的美食正是源自这种坚强的意志和不屈的精神，想到这里自己也不禁受到了感染。无论是蛋包饭、三明治，还是大阪的河豚火锅，这些让我心仪的美食都包含着一种能打动我们味觉的精神。我愿勇敢地去体会它们，通过自己的品尝去留住它们。

2013 年　初夏

作者